그리운 별의 씨앗

김종일 단편소설집
그리운 별의 씨앗
어문학사

　독자들에게 재미와 감동을 안겨주는 작품을 쓰는 것은 결코 쉬운 일이 아닙니다.

　작가들은 누구나 자신의 작품을 통해 독자들이 재미와 감동을 느낄 수 있도록 부단히 노력합니다만, 쓰고 나서 보면 이야기가 항상 기대치에 못 미침을 알게 됩니다.

　더군다나 요즘 독자들의 기호와 취향도 예전 같지 않습니다. 좀 더 자극적이면서 흥미 위주의 이야기를 원하는 것 같습니다. 그런 차원에서 본다면, 제 작품은 독자의 기대에 부응하지 못할 수도 있습니다.

　그러나 생각해 보십시오. 온실에서 재배하는 장미는 많은 사람들에게 사랑을 받는 아름다운 꽃이지만, 꽃에 장미만 있는 것은 아닙니다. 들이나 산에 피어 있는 이름 없는 꽃들 중에서도 장미 못지않은 아름다운 향기와 색깔을 가진 꽃들이 얼마든지 있습니다.

오히려 그런 꽃들이 장미보다 더 좋은 향기와 자태를 뽐낼 수 있는 것입니다. 단지 우리 눈에 들어오지 않을 뿐이지요. 물론 찾으려고 하지도 않았지만 말입니다.

우리 눈에 쉽게 보이는 것이 가치 있고 좋다는 생각에서 벗어나, 눈에 잘 띄지는 않지만 가치를 발하는 존재들이 얼마든지 있음을 알아야 한다는 말입니다.

여기 실린 열두 편의 작품들은 그런 의미에서 화려한 장미보다는 수수하고 담백한 들꽃 같은 작품이라고 할 수 있습니다. 자극적이고 흥미롭지는 않지만 소소하면서도 담담한 재미와 감동이 스며 있는 작품들입니다.

저는 독자들이 이 작품을 읽고 공감하면서 우리 주변에 사는

어려운 이웃에 대한 생각을 한번쯤 할 수 있었으면 합니다. 그러면 더욱 자기 자신이 상대적으로 얼마나 행복한지를 깨달을 수 있을 것이며, 그들에 대한 이해가 얼마나 가치 있는 일인가를 알 수 있을 것입니다.

나를 사랑하고, 이웃을 사랑하고, 이 세상에 존재하는 모든 것을 사랑하는 마음은 무엇보다 소중하고 가치 있는 일입니다. 그런 사람이야말로 진정으로 행복한 사람인 것입니다.

끝으로, 이 작품집이 나오기까지 수고하신 '어문학사'의 대표님과 직원들에게 무한한 고마움을 전합니다.

고양 한뫼골에서, 김종일

차례

・ ・ ・
그리운 별의 씨앗

내가 애란이를 만난 것은 여름방학 때였다.

나는 방학을 맞이하여 아빠가 근무하시는 유화도라는 섬에 갔었다. 휴일날 모처럼 집에 오신 아빠께서 나와 동생에게 아빠가 근무하시는 유화도에 같이 가자고 제의하셨다.

나와 동생은 아빠의 말에 무척 기뻐했다. 유화도는 남쪽에 있는 섬이라, 바다를 볼 수 있다는 설렘과 함께, 해수욕을 하며 놀 수 있다는 생각을 먼저 했기 때문이었다. 그러나 그런 상상과는 반대로 막상 유화도에 갔을 때, 나와 동생의 기대는 깨지고 말았다.

아빠는 유화도에 도착하자 우리들을 멋진 바닷가로 데리고 간 것이 아니라, 장애아들이 생활하는 '박애원' 이란 곳으로 데려 갔기 때문이었다. 물론 나중에는 바다에도 가고, 섬 주변의 경관이 빼어난 장소도 갔지만 말이다.

박애원으로 가기 전 아빠는 나와 동생에게 시치미를 떼며 이렇게 물으셨다.

"아빠가 너희들과 함께 가려는 곳이 어딘지 모르지?"

아빠가 의미심장한 미소를 지으시며 나와 동생에게 물었다.

"아빠, 그게 어디에요? 멋진 곳으로 가는 거죠?"

아무것도 모르는 동생이 그저 좋은 곳으로 데리고 가려니 하고 들뜬 기분으로 아빠에게 물었다.

"멋진 곳? 글쎄, 멋진 곳이라…….."

아빠가 동생의 물음에 머뭇거리며 다음 말을 하지 않으셨다.

"아빠, 여긴 섬이라 어디를 가도 멋있겠는데요, 뭐."

내가 아빠를 올려다보며 말했다.

"그렇지. 여긴 어디를 가도 아름답지. 하지만 내가 너희들과 가려는 곳은 아주 특별한 곳이야."

"아빠, 거기가 어디에요? 빨리 가고 싶어요."

성격이 급한 동생이 궁금함을 참지 못하여 채근을 했다.

"하하, 녀석두. 오늘 아빠가 너희들과 가려는 곳은 박애원이라고 장애아들이 생활하는 곳이야."

"박애원이요? 아빠, 거긴 왜 가요?"

아빠의 대답에 동생이 실망스럽다는 투로 물었다.

나도 아빠의 뜬금없는 말에 실망스럽긴 마찬가지였다. 아빠는 우리들의 표정을 살피며 다시 말을 이으셨다.

"허허, 녀석들. 갑자기 표정들이 왜 그러냐? 하하하, 안다, 알

아. 너희들이 왜 그런 표정을 짓는지. 하지만 말이다, 좋은 데 갈 기회는 얼마든지 있으니까 그런 걱정은 말고, 오늘은 아빠가 가자는 곳으로 갔으면 좋겠구나. 그럴 수 있겠지?"

아빠가 웃으며 나와 동생의 대답을 기다렸다.

"아, 알았어요."

마지못해 동생이 대답을 했다.

"미애, 너는?"

아빠가 나에게도 대답을 요구하였다.

"알았어요."

나 역시 마지못해 대답을 했다.

"그래, 고맙다. 너희들 그런데 정박아가 뭔지 아니?"

"정박아요? 아빠, 그 아이들 약간 머리나 몸이 이상한 아이들 아니에요?"

동생 혁이가 아빠의 물음에 재빠르게 대답을 하였다.

"녀석, 이상한 아이들은 아니고 머리와 몸의 신체 구조가 건강한 너희들과는 조금 다른 아이들이지. 미애야, 네가 한번 아는 대로 말해볼래?"

아빠가 나에게 물으셨다. 그러나 나 역시 정박아에 대해 아는 것이 별로 없었다. 내가 아빠의 물음에 선뜻 대답을 못하자, 아빠가 웃으시며 말씀하셨다.

"자, 그럼 잘 들어라. 아빠가 왜 너희에게 그곳을 가자고 하는

지 말이야.”

동생은 조금 전까지 심드렁한 표정을 짓더니, 아빠가 자못 심각한 얼굴 표정으로 바꾸자 자세를 바로 했다. 그건 나도 마찬가지였다.

“먼저 우리가 쉽게 장애인 하면 몸 어느 한 부분이 정상이 아닌 사람을 말한다는 것은 알고 있지?”

“예, 알아요. 우리 반 철민이도 장애아에요. 걔는 교통사고를 당해 다리를 다쳐 걸을 때마다 쩔뚝거려요. 아빠, 그런 아이를 보고 장애인이라고 하잖아요.”

혁이가 아빠의 말이 끝나기가 무섭게 대답했다.

“그래, 맞았다. 장애아 중엔 혁이 네 친구처럼 사고를 당해 장애인이 되는 사람이 있는가 하면, 태어날 때부터 장애를 갖고 태어난 사람도 있지. 그런데 너희들 장애 하면 일반적으로 신체 장애만 생각하게 되는데, 정신 장애란 것도 있단다. 어떻게 보면 그것이 더 힘든 장애지만 말이다.”

“아빠, 그러니까 정신병도 일종의 정신 장애에 들어가죠?”

“또라이 말하는 거지, 누나?”

혁이가 검지 손가락으로 머리 위에 동그라미를 그리며 끼어들었다. 그러자 아빠가 그런 동생을 눈으로 꾸짖으며 다시 입을 여셨다.

“그렇지. 그런데 정신 장애는 신체 장애보다 얼마나 복잡하고 극복하기 어려운지 모른다. 그러면 너희들이 알아듣기 쉽게 아빠가 정신장애자와 정신박약아, 정신지체아에 대해 아는 대로 설명하마. 먼저 정신장애자는 일반적으로 정신병자, 정신병질자 들을 통틀어 이르는 말이다. 너희들에게는 조금 어려운 말이다만, 정신위생법에 의한 의료나 보호를 필요로 하는 사람들을 말하는 것이야. 그리고 정신박약아는 지능 발달이 늦어진 아이를 이른단다. 보통 아이큐 또는 지능지수 수치가 75 이하인 아이를 정신박약아라고 하지. 그리고 다음에 정신지체아가 있는데, 이 아이들은 정신 능력의 발달이 늦어진 아이를 이른단다. 보통 정박아보다 가벼운 정도를 가리키지. 그런데 예전에는 정박아니 정신지체아니 하며 구분을 했다만, 요새 와서는 일반적으로 정박아도 지적장애인이라 한단다.”

“아유, 아빠. 너무 어렵고 복잡해서 뭐가 뭔지 모르겠어요.”

아빠의 긴 설명에 동생이 머리를 흔들며 말했다.

“그래, 어렵고 복잡할 거야. 너희들이 이해하기에는 말이야. 그건 그만큼 우리의 정신 질환의 세계가 복잡하다는 거 아니겠니?”

“그런데 아빠, 아빠는 그런 걸 어떻게 그렇게 잘 아세요? 와, 우리 아빠 되게 유식하다.”

“하하하! 우리 혁이가 아빠 비행기 태울 줄도 아네.”

“아빠, 정말이에요!”

“아빠가 어떻게 그런 걸 아느냐구?”

“아빠는 배 만드는 기술자이신데 이제 보니까 장애인 박사이신 거 같아요.”

“하하하, 그러냐? 아빠야 물론 배 만드는 기술자지. 그런데 혁이야, 무슨 일이든지 관심을 갖고 작은 노력을 기울인다면 그 정도는 누구나 알 수 있는 거야.”

“그런데 아빠는 왜 그런 사람들에게 관심을 갖게 되었어요?”

나는 아빠가 언제부터 장애인들에게 관심을 갖게 되었는지 그 점이 궁금하였다.

“응, 그건 말이다.”

아빠는 말을 하다가 잠시 멈추시더니 곧이어 다시 말을 이으셨다.

“아빠 회사에 ‘사람을 사랑하는 사람들’이라는 봉사 모임이 있단다. 아빠는 그 모임의 회원인데, 한번은 그 모임의 사람들이 우리 섬에 있는 ‘박애원’이라는 곳으로 봉사를 갔었어. 그곳에 가서 장애인들을 만났고, 그 일이 계기가 되어서 장애인에 대해 관심을 갖게 되었지. 그러니 너희들도 그 아이들을 보고 많은 것을 배우고 깨닫고 느끼기를 바란다. 알겠지?”

아빠가 나와 동생에게 당부하였다.

그러나 나는 아빠의 당부에도 불구하고 막상 그들을 만나자 무척 당황하였다.

그 아이들은 우선 겉모양부터 우리와 달랐다. 그뿐만 아니라 말하는 것, 행동하는 것도 달랐다. 그래서 그들에게 다가가기가 꺼려졌고 심지어 두렵기까지 했다. 그러나 그들은 달랐다. 아이들은 처음 본 나를 오랜 친구라도 대하는 양 반갑게 대해 주었다.

내 이름을 기억한 후로는 내가 눈에 띄기만 하면 저만치서부터 "미애야" 하고 이름을 부르며 달려와, 나를 붙잡고 이야기를 하려고 하였다. 그러면 나는 그들을 향해 어색하게 웃으며 마지못해 그들과 함께 어울렸다.

그런 애들 중에 애란이라는 아이가 있었다. 애란이는 유독 나를 잘 따랐다. 그 애는 나하고 나이도 같았다. 그런데 이상하게 애란이는 여름인데도 늘 목에 스카프를 매고 있었다. 그래서 하루는 애란이와 단둘이 있을 때 왜 항상 스카프를 목에 매는지 물어보았다.

내 물음에 애란이는 한참 목을 쓰다듬으며 알 듯 모를 듯한 말을 힘겹게 하였다.

"모 모기(목이), 모기 허 허해. 허저 허전 해."

그러면서 애란이는 자기 목을 쓰다듬었다. 이런 행동은 비단 애란이뿐만 아니었다. 간혹 이곳 아이들은 내가 이해할 수 없는 행동을 했다.

하루는 이런 일이 있었다. 그날은 비가 주룩주룩 내리는 날이었다. 나는 사회복지사인 박 선생님과 아이들의 옷을 정리하다가 비 오는 창밖을 바라보게 되었다. 그러다가 나는 이상한 광경을 보게 되었다.

글쎄, 비가 오는데도 아이들이 꽃밭에 물을 주고 있었다. 그 속에는 애란이도 끼어 있었다.

나는 그 광경을 목격하고 아이들의 행동을 이해하지 못하였다. 역시 모자라는 애들이라 어쩔 수가 없구나 하고 생각했다.

그런데 그게 아니었다. 아이들은 비가 오나 눈이 오나 상관치 않고 자기에게 맡겨진 책임을 다하고 있었던 것이다.

나는 그 사실을 안 순간 세상에서 보지 못했던 순수하고 깨끗한 마음을 본 것 같아 가슴이 뭉클하였다. 나는 그 길로 밖으로 뛰어나갔다.

"애란아!"

뛰어나가며 애란이를 소리쳐 불러보았다. 그러자 물뿌리개로 물을 뿌리던 애란이가 나를 돌아보았다.

"어, 어, 미 미애야! 너 너 넌느 왜 왜 나와?"

흠뻑 비에 젖어 생쥐 꼴이 된 애란이가 나를 보고 흠칫 놀라는 표정을 지었다. 다른 아이들도 하던 일을 멈추고 나를 바라보았다.

"응, 나도 너희들하고 같이 꽃밭에 물을 주려고 나왔어."

내가 짐짓 아무렇지 않게 웃으며 말했다. 그러자 아이들이 갑자기 '와!' 하고 함성을 지르며 박수를 쳤다.

나는 그날 밤 잠자리에 누워 낮에 있었던 일들을 곰곰이 생각해 보았다.

이곳의 아이들은 비록 장애인이라고 하지만, 자신에게 맡겨진 일은 어떠한 일이 있어도 해내었다. 그리고 남을 도울 줄도 알았다. 그런데 나는 지금까지 어떻게 지내왔었지……? 이런 생각 저런 생각으로 뒤척이다가 새벽녘이 다 되어서야 잠이 들었다.

그 다음 날부터 나는 더욱 적극적으로 아이들을 돌보기 시작하였다. 밥을 혼자 먹지 못하는 아이에게는 밥을 먹여 주었고, 화장실에 못 가는 아이들을 화장실에 데려다 주었다. 그리고 저녁이면 어린애들의 목욕을 시켜주고 잠자리도 펴주고 이불도 덮어 주었다.

그런 후에 애란이와는 따로 시간을 내어 밤하늘의 별을 보며 이야기를 나누었다. 이런저런 이야기를 나누던 중에 애란이가 어떻게 해서 이곳에 오게 되었는지도 알게 되었다.

애란이는 더듬더듬 자기 얘기를 하면서 눈물을 떨구었다. 애란이가 눈물을 흘리면서 이야기한 내용을 간추려 보면 다음과 같았다.

애란이는 가난한 집의 둘째 딸로 태어났다. 아빠는 공장에 다녔고, 엄마는 파출부 일을 하였다. 어려운 집안에 장애를 가진 애란이가 태어나자 엄마 아빠의 걱정은 이루 말할 수가 없었다.

애란이의 장래를 위해서는 특수학교에 보내야 했으나 집안 형편 상 그러지를 못했다. 그런데다 엎친 데 덮친 격으로 아빠가 일을 하다가 팔을 잃는 큰 사고를 당하였다.

그 일로 애란이 아빠는 마음이 크게 상하여 날마다 술을 마셨다. 신세를 비관하며 술만 마시는 남편을 보다 못한 애란이 엄마는 어느 날 홀연히 집을 나가버렸다. 그야말로 하루아침에 집안이 풍비박산 나버린 것이었다.

졸지에 애란이는 고아 아닌 고아가 되어버렸다. 이를 딱하게 여긴 동네 사람들이 나서서 이곳 '박애원'을 찾아 애란이를 이곳에 보낸 것이었다. 애란이의 이런 눈물겨운 사정을 듣고 나는 아무 말도 못하였다. 그저 애란이의 어깨를 끌어안아 주었을 뿐이었다.

애란이는 정신지체아라고 하여도 그렇게 정도가 심하지는 않았다. 말과 행동이 좀 굼뜨고 생각하는 것이 조금 모자랄 뿐, 사물을 보고 느끼고 반응하는 감정은 정상인과 별로 다를 바가 없었다. 그래서 이곳에서 특수 훈련을 잘 받아 공부를 하고 직업을 가질 만큼 기술을 습득한다면, 얼마든지 사회에 나가 생활할 수 있다고 박 선생님이 나에게 귀띔을 해주었다.

나는 애란이뿐만 아니라 여기 있는 모든 아이들이 그렇게 되기를 간절히 바랐다. 다행히도 이곳 박애원에는 이들을 위한 훌륭한 특수교육 프로그램이 잘 진행되고 있었다.

어제는 또 이런 일이 있었다. 여자아이들끼리 모여 자수를 할 때였다. 나도 그들과 어울려 서툰 솜씨지만 자수를 하였다. 여자아이들끼리 모이니 이런저런 말들이 많이 나왔다. 그리고 별거 아닌 말에도 누가 뭐라고 하면 배를 움켜쥐고 웃었다. 그런 중에 한 가지 웃지 못할 일이 벌어졌다.

바로 수경이라는 애 때문에 생긴 일이었다. 내가 서툰 솜씨지만 아이들에게 뒤지지 않으려고 내 나름대로 수를 열심히 놓는데,

"미, 미애야. 느 수 자 자 잘 논 노 노는다."
하고 수경이가 몸을 비비 틀면서 힘겹게 말했다.

수경이라는 아이는 뇌성마비 장애를 가지고 있는 아이였다. 나이는 나보다 한 살이 더 많았다. 수경이는 그림 그리기에도 매우 소질이 있는 애였다.

"아, 아니야. 니가 훨씬 더 잘하는데 뭘."

수경이가 칭찬하는 말에 나는 쑥스러워 수를 놓던 손을 잠시 멈추며 말했다.

"느 느네 집, 느네 지베서도 이 이런 거 해 해 봤니?"

"으응, 가끔 엄마가 하시는 걸 옆에서 보고 조금 따라 해봤어."

"그 그래도 너 너 아 아주 자 자 하 한다. 아, 아이구! 바 바 발톱이 빠 빠졌다!"

갑자기 수경이가 발톱이 빠졌다며 발을 들어 보였다. 그러자 주위에 있던 아이들이 '와하하' 하고 웃으며 방바닥을 데굴데굴 굴렀다.

나는 까닭을 몰라 어리둥절하였다. 그러다가 곧 그 까닭을 알고 왈칵 울음이 나올 뻔했다. 수경이는 자수의 매듭이 빠진 것을 발톱이 빠진 걸로 비유를 한 것이었다.

여기 있는 아이들은 몸과 정신이 정상이 아니기 때문에 여기 저기 부딪치고 넘어져서 몸을 많이 다쳤다. 그런데다 신체 조건상 손톱이나 발톱이 빠진 애들도 많이 있었다.

수경이는 바로 그런 애들을 빗대어서 자수의 매듭이 빠진 것을 발톱이 빠졌다고 말한 것이었다.

일주일이 훌쩍 지났다. 이윽고 박애원을 떠나는 날이 돌아왔다.

나와 동생은 일주일 동안 이곳 아이들과 생활을 하였다. 처음 이곳에 들어왔을 땐 하루라도 빨리 떠났으면 했었다. 그리고 이곳으로 우리를 데리고 온 아빠를 조금은 원망했다. 그러나 그런 원망을 언제 했었냐는 듯이, 막상 떠난다고 하니까 몹시 서운하였다. 정이 깊이 든 애란이를 생각하면 더욱 그랬다.

아침을 먹고 조금 있자, 아빠가 나와 동생을 데리러 오셨다. 나와 동생은 원장님과 선생님들을 찾아가 인사를 하고 운동장으로 나왔다. 운동장에는 아이들이 나와 있었다.

나는 아이들 중에서 애란이를 찾았다. 그러나 애란이가 보이지 않았다. 나는 주위를 두리번거리며 애란이를 찾았다. 한참을 두리번거리던 나는 저만치 나무 뒤에 숨어서 나를 지켜보고 있는 애란이를 발견하였다. 나는 애란이가 있는 곳으로 달려갔다.

"애란아, 애란아, 너 왜 거기 숨어 있어? 한참 찾았잖아."

내가 애란이의 손을 잡으며 말했다.

"………."

"나 니 마음 다 알아. 나도 너하고 헤어지기가 무척 서운해. 하지만 난 가야 하는걸."

"그 그 그래. 자 자 잘 가."

애란이가 더듬거리며 작별 인사를 하였다. 그 말을 하는 애란이의 눈에는 눈물이 가득 고여 있었다. 그걸 보자 나 역시 눈물이 나왔다.

"애란아, 잘 있어. 내가 가면 편지할게. 그리고 이건 내가 아끼는 손거울인데 너에게 선물로 주고 갈게."

나는 가방에서 작은 손거울을 꺼내 애란이에게 건네주었다. 손거울은 외삼촌이 프랑스에 갔다 오시면서 나에게 선물로 사다 주신 것이었다.

"고 고마워. 그 그러럼. 나 난 이거 주게."

그러면서 애란이는 자기 비밀 가방에 소중하게 간직하였던 조그만 나무 십자가를 나에게 내밀었다.

"아니, 그건 십자가잖아?"

나는 깜짝 놀라 애란이를 바라보았다. 나무 십자가는 애란이가 소중하게 여기는 물건이라는 것을 알고 있었기 때문이었다.

"으으으 응, 나 우 우리 어마 엄마 보고 시프면 그 시 시자가 소 손에 들고 기도해따."

"그런데 그걸 나한테 주면 어떡해. 그냥 니가 가지고 있어."

나는 손을 뒤로 감추며 안 받겠다고 했다.

"아 아냐. 어 어 어서 바 바 받어."

애란이는 안 받겠다는 나에게 억지로 십자가를 손에 쥐어주었다.

결국 나와 애란이는 작별 선물을 서로 주고받게 되었다.

내가 애란이와 작별 인사를 하느라 한참 시간을 끌자, 아빠가 손짓을 하며 불렀다.

"미애야, 어서 그만 가자."

"알았어요. 금방 갈게요."

나는 아빠를 향해 대답을 하고 애란이의 손을 다시 잡았다.

"애란아, 나 이제 그만 가야겠다. 따라오지 말고 그냥 여기 있어. 알았지?"

"으으응, 아 아 알어. 미 미애야, 너 넌 너 나 잊지 마."

애란이가 울먹이며 당부하였다.

“그래, 안 잊을게. 너도 나 잊지 마. 그럼 나 간다. 안녕!”

나는 애란이에게 말하고 도망치듯 아빠에게 달려갔다.

“자, 어서 타거라.”

기다리던 아빠가 차 문을 열어주며 말했다.

나와 동생은 차에 오르기 전 다시 한 번 차 주위에 서 있는 아이들에게 작별 인사를 했다.

“안녕! 잘들 있어! 다음에 또 올게!”

“잘 가! 미애야, 혁이야!”

아이들이 한목소리로 인사를 하며 손을 흔들어 주었다.

인사를 마치자 차가 움직이기 시작했다. 짧은 기간이었지만 많은 것을 보고 느낀 박애원을 드디어 떠나는 것이었다.

나는 차가 박애원을 한참 벗어날 때까지 뒤를 돌아보았다. 그러자 그런 나를 보고 아빠가 말했다.

“우리 미애가 아이들과 단단히 정이 들었나 보구나.”

“네, 아빠……..”

아빠의 말에 내가 시무룩하게 대답했다.

“그래, 정이 든 사람들과 헤어지는 것은 언제나 서운하고 아쉬운 법이지.”

“………”

나는 차의 뒷좌석에 등을 기대고 조용히 눈을 감았다. 그러다가 얼마 후에 눈을 떴다.

동생 혁이는 집에 돌아간다는 안도감 때문인지 어느새 곤히 잠들어 있었다.

차창 밖으로 눈을 돌렸다. 여름의 싱그러움과 푸르름이 넓게 펼쳐져 있었다. 나는 하늘을 쳐다보았다. 그러자 파란 하늘이 내 마음 한가득 들어왔다.

• • •
바닷가 소년

소년은 오늘도 예외 없이 바닷가에 나왔습니다.

언제나 그랬듯이 소년은 그가 늘 가는 외딴 바위를 찾아 그 끄트머리에 걸터앉았습니다. 바위 밑으로는 파도가 늘상 와서 부딪쳤고, 소년의 머리 위에는 갈매기가 날아다니며 울어댔습니다.

소년은 버릇처럼 하염없이 바다 저 멀리 수평선을 바라보았습니다. 수평선 저 멀리엔 가물가물 흰 구름 몇 점이 떠 있었습니다. 그리고 점점이 고깃배들이 한가롭게 그물질을 하고 있었습니다.

날씨는 더할 수 없이 맑고 바다는 잔잔했습니다. 소년은 한참 동안 조그만 움직임도 없이 수평선을 바라보다가, 이윽고 몸을 움직여 자리에서 일어났습니다. 자리에서 일어난 소년은 바위에서 내려와 모래가 곱게 깔린 해변을 천천히 걸었습니다.

모래알들이 햇빛에 반사되어 눈이 부셨습니다. 소년은 눈이 부셔 잠시 눈두덩을 부비다가, 무엇인가 생각났다는 듯이 허리를 굽혀 바짓가랑이를 걷었습니다. 그러자 잔물결이 찰랑찰랑 소년의 종아리를 간지럽혔습니다. 소년은 해변을 걷다가 예쁜 조개나 소라 껍데기를 보면 주워서 바닷물에 씻어 주머니에 넣었습니다.

소년이 집에 돌아왔을 때는 한 시가 훨씬 지나 있었습니다.

돌담을 지나 엉성한 함석문을 밀치고 집 안에 들어선 소년은 잠시 걸음을 멈추고 방문에 귀를 기울였습니다. 조용했습니다. 다행히 동생 순영이는 아직 자고 있었습니다. 동생이 깨어나 울고 있으면 어쩌나 했었는데 다행이다 싶었습니다.

소년은 안도의 한숨을 쉬고 방문을 살그머니 열었습니다. 동생은 세상 모르게 자고 있었습니다. 자면서 흘린 침과 땀으로 범벅이 된 얼굴에 파리들이 마구 달려드는데도 몸만 뒤척일 뿐, 동생은 숨을 쌕쌕 쉬며 잘 자고 있습니다. 소년은 손을 저어 파리를 쫓았습니다. 그러고는 아무것도 모르고 곤히 자고 있는 동생의 얼굴을 물끄러미 바라보았습니다. 철부지 동생의 얼굴이 마냥 귀여웠습니다.

소년은 동생의 얼굴에 다가가 볼에 살짝 입을 맞췄습니다. 그러고는 한동안 물끄러미 바라보았습니다. 그런 얼마 후, 소년은 이제 그만 동생을 깨워야겠다고 생각하고 동생의 어깨를 흔들었습니다.

"순영아, 순영아, 이제 그만 일어나."

"으음…… 음……."

"순영아, 이제 그만 일어나라니까……."

몇 번을 깨워도 동생은 얼굴을 찡그리며 몸만 뒤척일 뿐 일어날 생각을 안 했습니다. 소년은 잠시 깨우던 행동을 멈추고 동생의 얼굴을 다시 들여다보았습니다. 귀여운 동생이지만 한편으로 가엾다는 생각도 들었습니다.

한창 엄마 아버지 앞에서 어리광을 부리고 재롱을 떨어야 할 동생이었습니다. 그런 동생이지만 소년과 동생에게는 엄마가 안 계셨습니다. 그 대신 아버지가 계시지만, 아버지는 아침 일찍 바다로 고기를 잡으러 나가시기 때문에 두 남매를 거둬주지를 못했습니다.

엄마가 안 계신 소년의 집은 빈집처럼 썰렁했습니다. 엄마가 계실 때는 그러지 않았는데 말입니다. 엄마가 집을 나간 건 아버지와의 잦은 싸움이 원인이었습니다.

엄마가 나간 날도 그랬습니다. 아버지와 심하게 싸운 그 이튿날, 엄마는 온다 간다 말도 없이 집을 나가버렸습니다. 그 사실을 알았을 때, 소년은 동생을 끌어안고 한없이 울었습니다. 그러나 엄마가 계실 때에도 소년은 그 나이 또래보다는 생각이 깊었던 만큼, 소년은 쉽게 엄마가 돌아오지 않을 것이라 생각하고 울음을 그쳤습니다. 그리고 앞으로는 싫으나 좋으나 엄마 대신 동생을 돌보아주고 집안일을 해나가야 한다고 생각했습니다.

엄마가 집을 나가게 된 것은 아버지와의 싸움이 직접적인 원인이었지만, 사실은 아버지의 술버릇 때문이었습니다. 아버지는 술을 안 마실 때에는 그토록 점잖고 착실하다가도, 술만 마셨다 하면 백팔십도로 바뀌어 성격이 포악해졌습니다. 그러면서 엄마와 싸우고 심지어는 엄마를 때리고 집안 살림까지 부셨습니다.

소년의 엄마는 그런 아버지에게 무릎을 꿇고 빌면서 제발 술 좀 끊고 우리도 남들처럼 잘살아보자고 애원을 했습니다. 그런데도 소년의 아버지는 엄마의 그런 간절한 청을 받아들이지 않고 날이면 날마다 술을 마셨습니다.

소년은 집안의 그런 분위기로 인해 점점 성격이 내성적으로 되어갔습니다. 학교에서도, 마을에서도 또래들과 어울려 놀려 하지를 않았습니다. 오히려 혼자 있기를 더 좋아했습니다. 혼자 바닷가 바위에 걸터앉아 하염없이 수평선을 바라본다든가, 이 생각 저 생각을 하면서 바닷가를 거닐었습니다.

엄마가 집을 나가자 소년의 아버지는 미친 듯이 엄마를 찾아 이곳저곳을 헤매었습니다. 그러나 어디로 갔는지 엄마는 찾을 수가 없었습니다. 소년의 아버지는 그 일이 있고 나서부터 술을 더 마셨습니다.

소년은 그런 아버지가 싫고 밉기도 하였습니다. 그리고 집을 나간 엄마가 야속하고 원망스럽기도 했습니다. 그러나 그런 감정도 잠깐일 뿐, 소년은 엄마 대신 집안일을 도맡아 해야 했습니다. 서툴지만 밥도 짓고, 반찬도 만들고, 청소와 빨래도 해야 했습니다. 이웃 마을에 살고 있는 소년의 고모가 가끔씩 들러 반찬도 만들어 주고 빨래도 해주고는 하지만, 거의 모든 것을 소년이 다 해내야 했습니다.

엄마가 집을 나가기 전까지만 해도 소년은 공부도 아주 잘했습니다.

어촌의 작은 학교라서 학생 수는 많지 않았지만, 학년에서 일등 자리를 빼앗기지 않았습니다. 하지만 엄마가 집을 나가고부터는 공부에도 흥미를 잃어 일등 자리를 내어줄 때도 있었습니다.

소년은 다섯 살짜리 동생을 아주 예뻐했습니다. 평소에도 동생을 예뻐하고 귀여워했지만 엄마가 없는 지금은 그 정이 더했습니다. 동생 순영이는 소년을 엄마처럼 아빠처럼 따랐습니다. 그런 동생이기에 소년은 어린 순영이를 집에 놔두고 학교에 갈 때가 가장 마음이 아팠습니다. 그래서 소년은 학교에 가서도 동생 생각에 공부가 잘 되지 않았습니다.

소년이 학교 수업을 마치고 집에 돌아와 보면 동생은 저 혼자 놀다가 지쳐 쓰러져 자기도 하고, 부엌에 들어가 이것저것 꺼내

먹다 반찬도 엎질러 놓고 그릇도 깨어 놓았습니다. 그래도 소년은 동생을 나무라지 않았습니다. 동생이 어질러 놓은 그릇들을 주섬주섬 모아 깨끗이 씻어 놓고, 더럽혀진 동생의 손과 얼굴을 씻어주었습니다.

소년의 아버지는 이런 것을 아는지 모르는지 남매가 굶지 않을 만큼의 쌀을 사다 들여 놓고는 그만이었습니다.

"엄마! 엄마! 잉잉, 오빠, 나 엄마 보고 싶어."

동생이 일어나 눈을 부비며 울먹였습니다. 동생은 잠에서 깨어나면 버릇처럼 엄마를 찾았습니다.

"순영이 깼구나. 순영아, 나가서 쉬 하고 와. 오빠가 밥 차려줄게."

"쉬 안 마려. 오빠, 나 엄마 보고 싶어."

"그래, 엄마 이제 조금 있으면 순영이 줄 맛있는 거 많이 사 가지고 오실 거야."

"싫어, 싫어, 오빠 나 엄마 보고 싶단 말이야."

동생은 엄마가 보고 싶다고 계속 투정을 부렸습니다. 이럴 때 소년은 동생을 어떻게 대해야 할지 몰랐습니다. 소년은 동생을 달래다가 등을 내밀었습니다. 그러자 동생은 자리에서 일어나 소년의 등에 업혔습니다.

소년은 동생을 업고 바다로 나갑니다. 마을에서는 딱히 바다 말고는 사실 갈 데도 없었습니다. 소년이 집을 나와 막 포구를 지날 때였습니다.

"은석아, 은석아, 너 어디 가냐?"

포구의 한 가게에서 소년의 아버지가 소년을 보고 불렀습니다. 소년의 아버지는 마을 아저씨들과 대낮부터 술을 마시고 있었습니다.

"은석아, 이리 좀 오너라."

소년의 아버지가 손짓을 했습니다. 소년은 어른들이 술 마시는 자리라 가고 싶지 않았지만, 아버지가 부르기에 안 갈 수가 없었습니다.

"너희들 밥은 먹었냐? 아무튼 너희 엄마가 나쁜 사람이다."

소년의 아버지는 그러면서 의자에서 비틀대며 일어나 가게 안으로 들어갔습니다. 잠시 후 소년의 아버지는 이것저것 과자 봉지를 들고 나와 순영이의 손에 들려주며 말했습니다.

"순영아, 이거 오빠하고 같이 먹고 잘 놀아라."

"………."

순영이가 아버지의 말에 아무 대꾸도 않고 과자 봉지를 받아 들었습니다.

"그럼 가봐라."

소년의 아버지는 말을 마치고 의자에 털썩 주저앉았습니다.

바다는 조금 전 소년이 왔을 때와 다름없이 잔잔했습니다.

이따금 찰랑대는 파도소리와 갈매기 울음소리 외에는 한낮의 바다는 고요하기만 했습니다. 소년은 자기가 자주 가는 바위에 올랐습니다.

"순영아, 바다에 나오니까 아주 시원하지?"

소년이 동생을 바라보며 물었습니다.

"응."

"순영아, 우리 여기 앉아서 과자 먹자."

"야, 신난다! 나 과자 많이 먹을 거야."

동생이 신이 나서 소리쳤습니다. 소년은 그런 동생을 보고 씽긋 웃으며 과자를 꺼내 바위 위에 펼쳐 놓았습니다.

"어서 먹어."

"오빠도 먹어."

소년이 과자를 집어 동생에게 건넸습니다.

"오빠도 먹으라니까."

동생이 과자 한 개를 집어 소년에게 건넸습니다.

"그래, 오빠도 먹을 테니까 너 많이 먹어."

소년은 동생이 주는 과자를 받아 입에 넣었습니다.

둘은 서로 웃고 떠들며 과자를 먹었습니다. 한참 만에 과자를 다 먹은 남매는 바위에서 내려와 해변을 걸었습니다. 멀리서 뱃고동 소리가 바람에 실려 들려왔습니다.

"오빠, 저기 큰 배 간다."

“어디? 어, 저기. 정말 큰 배다.”

“오빠, 저 배는 무슨 배야?”

“응, 저건 여객선이라고 사람이 많이 타는 배야.”

“저 배 타고 엄마 왔으면 좋겠다.”

동생이 배를 보며 시무룩하게 말했습니다.

“순영아, 이제 조금 있으면 엄마가 저 배 타고 선물 많이 사 가
지고 오실 거야.”

“정말이야?”

“그럼 정말이지.”

“거짓말 아니지?”

“그래, 오빠는 거짓말 안 해.”

동생은 오빠의 말을 믿는다는 듯 조금 전과는 달리 금방 얼굴
이 밝아졌습니다. 그러고는 저만치 앞서 모래밭을 깡충깡충 뛰
어갑니다.

“순영아, 천천히 가.”

“오빠, 여기 조개껍데기 있다!”

동생이 조개껍데기를 주워 소년에게 보여주었습니다.

“순영아, 우리 조개껍데기 주워서 목걸이 만들까? 오빠가 목
걸이 만들어 줄게.”

“좋아, 오빠. 예쁘게 만들어 줘야 해.”

“그래, 알았어.”

소년이 대답을 하자 동생은 신이 나서 여기저기를 돌아다니며 조개껍데기를 주웠습니다.

소년과 동생은 그렇게 한참 동안 조개껍데기를 줍다가 집으로 돌아왔습니다. 집으로 돌아온 소년은 실과 바늘, 송곳을 준비해 목걸이를 만들었습니다.

"다 만들었다. 순영아, 이리 와봐. 목에 걸어보자."

소년의 말에 동생이 다가왔습니다. 소년은 동생의 목에 목걸이를 걸었습니다.

"야, 아주 멋있다!"

"정말? 오빠, 거울 보여줘. 나도 보게."

소년은 거울을 내려 동생에게 보여주었습니다.

"자, 봐. 아주 멋있지."

"야, 예쁘다!"

동생이 거울을 보며 만족한 듯 말했습니다.

"오빠, 나 나가서 애들한테 자랑할 거야."

"그래, 그럼 나가서 자랑도 하고 놀다 와."

잠을 잘 때에도 동생은 목걸이를 벗어서 손에 꼭 쥐고 잤습니다. 잠들기 전 동생은 소년에게 말했습니다.

"오빠, 나 내일 또 조개껍데기 주울 거야."

"그건 안 돼! 바다에 너 혼자 나가면 위험해."

"아이, 오빠. 물에는 안 들어가고 모래밭에서 조개껍데기만 주울 거야."

"조개껍데기는 또 뭣 하러 주워? 오빠가 목걸이 만들어 줬는데."

"이번에는 엄마 것을 만들어야지. 엄마가 오면 내가 선물로 주게."

"그래……."

소년은 동생의 말에 더 이상 할 말이 없었습니다. 다만 동생의 마음 씀이 기특해서 머리를 쓰다듬어 주었습니다. 소년은 어서 자라고 동생의 배를 다독여 주었습니다.

이튿날 소년은 여느 때보다 일찍 아침밥을 차려 동생과 먹었습니다. 밥을 먹으면서 소년은 다시 한 번 동생에게 일렀습니다.

"순영아, 오빠 학교 끝나는 대로 일찍 올 테니까 집에 있어. 조개껍데기는 오빠하고 주우러 가게. 알았지?"

다시 한 번 동생에게 다짐을 받아두고 소년은 학교로 갔습니다.

학교에 간 소년은 수업을 받지만, 언제나 마찬가지로 동생 걱정에 공부가 안 되었습니다. 그래서 소년은 수업이 끝나자마자 친구들이 공을 차자는 것도 마다하고 집으로 향했습니다.

학교에서 집까지는 걸어서 약 20분이 걸렸습니다. 그래서 마을 아이들은 거의 자전거를 타고 학교를 다녔습니다. 그러나 남들 다 있는 자전거가 소년에게는 없었습니다. 그래서 소년은 수업이 끝나면 뛰어서 집으로 갑니다. 집에 혼자 남아 있는 동생 때문에 조금도 꾸물거릴 수가 없었습니다.

그런데 오늘은 이상했습니다. 다른 날 같지 않게 마음이 불안하고 동생이 더 걱정되었습니다. 소년은 죽을 힘을 다하여 집을 향해 달렸습니다. 달려가면서도 불안한 마음은 가시지 않았습니다. 엊저녁 동생이 저 혼자 바닷가로 조개껍데기를 주우러 간다는 말이 자꾸 마음에 걸렸습니다.

마을 입구에 들어서자 개들이 짖었습니다. 그때 마을 아줌마한 분이 대문을 나서다가 헐레벌떡 뛰어오는 소년을 보고 황급히 손을 저어 소년을 불렀습니다.

"은석아, 은석아, 아이구, 은석아. 큰일 났다! 어서 바닷가로 나가 봐라."

아줌마의 다급한 부름에 소년은 가슴이 철렁했습니다.

"아줌마, 왜요? 무슨 일 있어요?"

"이 일을 어쩌냐? 니 동생 순영이가 물에 빠졌단다."

"순, 순영이가 무…… 물에 빠져요?"

소년은 그 말을 듣자 눈앞이 캄캄했습니다. 갑자기 하늘이 뱅뱅 도는 것 같은 느낌이 들었습니다. 소년은 들고 있던 가방을 땅바닥에 떨어뜨리고 정신없이 바닷가로 달려갔습니다.

숨이 턱에 차게 달려 바닷가에 도착하니 마을 사람들이 웅성웅성하며 모여 있었습니다. 소년은 사람들 속을 뚫고 들어갔습

니다. 그러자 모랫바닥에 포대로 무엇인가가 덮여 있었습니다. 소년은 정신없이 포대를 확 젖혔습니다.

아, 그런데 거기에는 소년의 동생 순영이가 눈을 꼭 감고 누워 있었습니다. 소년의 아버지는 그런 소년을 붙잡고 꺼이꺼이 울면서 장탄식을 늘어 놓았습니다.

"아이고, 은석아! 이 일을 어쩌냐? 순영이, 우리 순영이가 죽다니 이럴 수가 있단 말이냐?"

소년은 아버지의 넋두리가 귀에 들어오지 않았습니다. 소년은 동생의 시신을 와락 끌어안고 몸부림을 쳤습니다.

"순영아! 순영아! 죽으면 안 돼!"

둘러 서 있던 마을 사람들이 그런 소년을 보고 저마다 눈물을 흘렸습니다. 그렇게 얼마간 시간이 흐르자 마을 사람들이 소년과 소년의 아버지를 붙잡아 일으켰습니다.

"은석 아버지, 이제 그만 진정해요. 일이 이렇게 된 걸 어쩌겠수. 은석아, 너도 그만 진정해라."

"에구, 불쌍한 것. 그렇게 동생을 아끼고 보살펴 주었는데 이제 누굴 의지하고 살꼬."

"그러게 말이유. 쯧쯧쯧."

마을 아줌마들이 소년을 보고 한마디씩 하며 혀를 찼습니다.

소년은 울음을 그쳤습니다. 소년은 동생의 시신을 똑바로 뉘여 놓고 얼굴을 어루만졌습니다. 그러다가 소년은 동생의 손을 보았습니다. 그런데 동생의 손에 무엇인가 쥐어져 있었습니다. 소년은 동생의 손을 펴보았습니다. 꼭 쥐어진 동생의 손에는 하얗고 맨질맨질한 조개껍데기가 있었습니다. 그건 동생이 엄마에게 선물할 목걸이를 만들려고 주운 조개껍데기가 분명했습니다.

• • •

순덕이 누나 이야기

　　사람들은 누구나 지난 세월의 기억 중 하나를 추억이라는 이름으로 가슴에 간직하고 살아갈 것입니다. 그 추억의 내용 역시 사람마다 다를 것이고요. 어떤 사람은 아름다운 추억일 수도 있겠고, 또 어떤 사람은 슬픈 추억일 수도 있습니다.

　　나에게도 잊지 못할 추억이 있습니다. 아주 오랜 세월이 흐른 추억입니다.

　　그러니까 지금으로부터 사십여 년 전, 내가 초등학교 4학년인가 5학년 때의 일이니까요. 나에게는 누나가 한 명 있었습니다. 누나 말고도 내 밑으로 남동생 둘과 여동생 하나가 더 있었습니다. 그러니까 나까지 포함하여 오 남매인 셈입니다.

　　이런 여러 형제들 중에 누나에 대한 추억입니다. 누나는 나하고 나이 차이가 세 살이 났습니다. 이름은 '순덕이' 였습니다. 순덕이라는 이름은 돌아가신 할아버지가 지으셨는데, 순하고 덕

이 많으라고 순덕이라고 지었다고 합니다.

이름 그대로 누나는 순하고 착했습니다. 그런데 불행하게도 누나는 어렸을 때 뇌염을 앓았습니다. 그 후로 누나는 뇌염의 후유증으로 말미암아 정상인과는 달리 말도 잘 못하고 생각하는 것도 모자랐습니다. 그저 시키는 일이나 꼬박꼬박 꾀 안 부리고 하는 그런 누나였습니다.

지금은 형편이 나아졌지만 그 당시 우리 집은 몹시 가난했습니다. 가진 것이라고는 다 쓰러져 가는 집 한 채와 논 일곱 마지기 그리고 밭이 조금 있었습니다. 그래서 엄마와 아버지는 여러 식구들을 먹여 살리기 위해 봄부터 가을까지 남의 농사일을 하러 다녔습니다.

시골에서 하는 일이란 주로 논이나 밭에서 하는 일이 대부분입니다. 엄마는 논일을 나가시면 꼭 누나를 데리고 다녔습니다. 일을 하기에는 아직 어린 나이였지만, 자기 밥벌이는 자기가 해결해야 한다며 데리고 다닌 것입니다. 어쨌든 일을 하면 세끼 밥은 해결되었고, 여자 어른 품삯의 반은 받았으니까요.

그 당시 누나 나이라면 한창 공부하고 놀기 좋아할 때였습니다. 그러나 누나는 공부는커녕 학교 문턱에도 못 가봤습니다. 부모님께서 아예 누나를 학교에 보내지 않은 것입니다. 그저 누나에게 시킨 것은 일밖에 없었습니다. 그런데도 누나는 군소리 없이 고분고분 시키는 대로 일을 했습니다.

봄에는 씨 뿌리고, 여름에는 밭에 나가 하루 종일 김을 매거나, 논에 나가 뙤약볕 속에서 피사리를 했습니다.

이렇게 죽도록 일을 했지만 누나는 집에서나 밖에서나 자식 대접, 사람 대접을 제대로 받지 못했습니다. 이유는 단 한 가지였습니다. 덜떨어진 반편이라는 것이 이유라면 이유였습니다.

어느 해 겨울이었습니다.

어렸을 때만 해도 겨울이면 눈도 많이 오고 날씨도 무척 추웠습니다. 요즘에는 겨울이 되어도 눈도 많이 오지 않고, 날씨도 예전처럼 매섭게 추운 날이 흔치 않습니다.

시골 생활의 특징은 봄부터 가을까지는 일이 많지만 겨울에는 일이 없다는 것입니다. 어떻게 보면 겨울은 시골 사람들에게는 휴식 기간인 셈이지요.

우리 집 역시 예외는 아니어서 긴 겨울이 다 가도록 식구들은 집 안에서 하는 일 없이 지냈습니다. 날씨는 춥고 먹을 것은 없고 하는 일 없이 집 안에 틀어박혀 지내는 생활은 따분하고 지겹기 그지없었습니다. 자고 새면 우리 형제들은 배불리 먹을 일이 없나를 궁리했습니다. 그래서 오늘은 누구네 잔치나 제사가 없나를 서로 물어보고 확인했습니다.

왜냐하면 잔치나 제사를 만나면 그날은 배가 터지게 맛있는 음식을 먹을 수 있었으니까요. 그러나 이런 일에도 순덕이 누나는 예외였습니다. 누나는 먹는 일에도 별 관심을 보이지 않았습니다. 간혹 먹을 것이 생기더라도 먹지 않고 남겨두었다가 나나 동생들에게 나누어 주었습니다.

아랫목 차지에서도 누나는 제외되었습니다. 물론 동생들보다 나이가 더 들어서이기도 했겠지만, 누나는 아예 아랫목에 앉을 생각을 안 했고, 차가운 윗목에 앉아 옷을 꿰매거나 밖에 나가 오들오들 떨며 서 있었습니다.

평소에도 그렇지만 겨울이면 아버지는 술을 더 자주 마셨습니다. 그리고 술을 마신 날은 술주정을 심하게 하셨고 종래에는 엄마와 심하게 다투었습니다.

그러던 어느 날이었습니다. 그날도 아버지는 밖에 나가 술을 마시고 들어오셨습니다. 그때 우리는 막 저녁을 먹으려고 밥상 머리에 모여 앉아 있었습니다. 그런데 갑자기 대문 부서지는 소리가 나면서 아버지의 고함 소리가 들려왔습니다.

"이거 집구석에 사람이 있는 거야 없는 거야? 사람이 들어오면 얼굴을 내밀어 봐야지, 방구석에만 처박혀 있어! 다들 뭐 하는 거야?"

느닷없는 아버지의 고함 소리에 순간 식구들은 수저를 든 채로 어찌할 바를 몰랐습니다. 특히 순덕이 누나는 두려움에 안절부절못하고 수저를 밥상에 내려 놓고 슬며시 방 윗목으로 올라갔습니다.

"아이구, 저 웬수! 또 어디 가서 술을 마셨나 보네. 아이구, 내가 못 살아!"

엄마가 문밖을 향해 신세 한탄 겸 푸념을 했습니다.

그런 중에도 아버지는 계속 문밖에서 고래고래 소리를 질렀습니다. 그러자 듣다 듣다 못한 엄마가 거칠게 방문을 열어젖히며 맞고함을 쳤습니다.

"이 염병할 놈의 인간아, 술 먹었으면 얌전하게 집에 들어와 잠이나 잘 것이지, 동네방네 시끄럽게 웬 소란이야, 소란이!"

엄마가 아버지를 향해 사납게 소리를 질렀습니다. 그러자 아버지는 기다렸다는 듯이,

"어, 말 잘한다. 남편한테 하는 말버릇 좀 보게. 내가 술 한잔 마신 것이 뭐가 잘못됐어? 뭐야, 당신이?"

하고 시비조로 맞받았습니다.

"허구한 날 술을 마시니까 하는 말이지."

엄마가 지지 않고 아버지의 말에 대꾸했습니다.

아버지는 술에 취해 몸을 제대로 가누지도 못하고 건들거리며 서 있다가 마루에 털버덕 주저앉았습니다. 그러더니 게슴츠레한 눈으로 방 안을 훑어보다가 우리 형제들을 향해 고함을 질렀습니다.

"이놈들아! 애비는 밖에 나가 밥을 먹는지 굶는지 아랑곳 않고 니들 배만 부르면 된다 이거냐? 이놈들아! 그래도 니 놈들이 자식이냐?"

　아버지는 갑자기 엄마에게서 화살을 돌려 애꿎은 우리들에게 트집을 잡으며 고함을 질렀습니다. 불똥이 엄마에게서 우리들에게로 옮겨붙은 것입니다. 아버지의 고함에 우리는 다들 겁에 질려 찍소리도 못하고 꿀 먹은 벙어리처럼 잠자코 있었습니다.

　"아니, 왜 애들한테 소리는 지르고 그래? 부모 잘못 만나 고생시키는 것만 해도 원통한데, 뭘 잘했다고 소리는 질러? 너희들 어서 밥 먹어라."

　엄마가 아버지를 무시하고 우리들에게 말했습니다. 그러나 우리는 이미 밥맛을 잃은 후라 누구 하나 숟가락을 드는 형제들이 없었습니다. 그러자 엄마가 울화가 치미시는지,

　"이놈의 자식들아! 어서 밥들 안 먹어!"
하고 소리를 빽 질렀습니다.

　뜻밖에 터져 나온 엄마의 벼락같은 고함에 우리 형제들은 모두 기겁을 하여 밥상으로 모여들었습니다. 그러나 순덕이 누나만은 여전히 방 윗목에서 엄마와 아버지 눈치만 살피고 있었습니다.

　"누나, 어서 밥 먹어."
　내가 누나에게 넌지시 말했습니다.
　"아 아냐. 나 난 안 먹어. 너 너나 먹어."
　내 말에 누나는 기어드는 목소리로 대답했습니다.

그러자 바로 그때였습니다. 누나의 말이 끝나기가 무섭게 아버지가 순덕이 누나를 힐끗 째려보더니 버럭 소리를 질렀습니다.

"너 순덕이 이년! 넌 밥 먹을 자격이 없어!"

아버지의 느닷없는 호통에 식구들은 모두 멍하니 아버지를 바라보았습니다.

"아니, 지금 무슨 말이에요?"

엄마가 눈을 치뜨고 아버지에게 물었습니다.

"내 더러워서 살다 보니 별말을 다 듣겠네. 아 글쎄, 명숙이네 빨랫줄에 널어 놓은 쉐타가 없어졌는데 그걸 순덕이 저것이 가져갔다지 뭐야. 내 참 더러워서."

"아니, 뭐라구요?"

아버지의 말에 엄마가 어처구니없다는 표정을 지으며 아버지를 쏘아보았습니다.

"뭘 그렇게 쳐다봐. 자식 잘 둔 덕에 그런 말도 듣는 건데. 빌어먹을, 퉤!"

아버지는 그러면서 마당에다 침을 퉤 하고 뱉었습니다. 아버지의 말에 한참 어이없어하던 엄마는 다시 아버지에게 확인하듯 물었습니다.

"아니 그런 말을 누가 합디까? 내 당장 쫓아가서 확인을 할 테니까."

"확인은 무슨 얼어 죽을 확인이야. 순덕이 저것이 쉐타 널어 놓은 곳에서 얼쩡거린 것을 봤는데, 저것이 없어지자 쉐타도 안 보였다는데.”

“당신 지금 그걸 말이라고 해요! 그럼 당신도 순덕이가 쉐타를 훔쳤다는 거예요, 뭐예요? 아무리 우리 자식들이 없이 커왔지만 이제까지 남의 물건에 손 한 번 안 대본 애들인데 애비가 돼가지고 그걸 말이라고 하는 거예요?”

엄마는 아버지의 말에 분해서 펄펄 뛰었습니다.

순덕이 누나는 엄마와 아버지가 자기를 두고 다투는 것을 보고 안절부절못했습니다. 지금 아버지가 자기에게 하는 말이 얼마나 무서운 말인가를 엄마가 분해서 길길이 뛰는 것을 보기만 해도 알 것 같았습니다.

나와 동생들도 오늘 저녁이 그 어느 날보다도 길고 무서우리라는 것을 어렴풋이나마 짐작했습니다.

우리의 짐작대로 일은 터지고 말았습니다. 엄마는 한참 분에 못 이겨 씨근거리더니, 겁을 먹고 잔뜩 몸을 웅크리고 있는 누나에게 다가가 머리채를 움켜잡았습니다.

“너 이것아! 너도 귀가 있으니까 니 애비가 하는 말을 들었겠지? 그 말이 사실이냐, 아니냐? 어서 바른대로 말하거라. 그렇지 않으면 오늘 밤 너 죽고 나 죽는 줄 알아라.”

이미 엄마는 제정신이 아니었습니다. 누나는 그야말로 아닌 밤중에 홍두깨 맞는 격으로 변명할 여지도 없이 고스란히 당하게 되었습니다.

"어 어 엄마, 나 아무것도 안 훔쳤어요. 하 하 한 번만 용서해 주세요."

누나는 무조건 엄마에게 싹싹 용서를 빌었습니다. 나는 이제까지 누나가 엄마나 아버지에게 매를 맞기 전에 피하는 것을 보지 못했습니다. 나와 동생들은 엄마나 아버지가 매를 들면 무조건 도망부터 쳤습니다. 그러면 매를 한 대라도 덜 맞았으니까요. 그러나 누나는 매를 피하여 도망가지도 않았을 뿐더러 때리는 매를 고스란히 다 맞았습니다.

"너 바른대로 대지 못해!"

엄마가 드디어 누나의 머리채를 휘어잡고 온몸을 두들기기 시작했습니다.

"엄마, 엄마, 왜 그러세요?"

"엄마, 그러지 마!"

나와 동생들이 엄마의 몸뻬 바지를 붙잡고 늘어지며 말렸습니다.

"너희들은 상관 말고 저리 가 있어!"

엄마가 우리들의 손을 거칠게 뿌리쳤습니다. 오히려 말린다는 것이 화를 더 돋웠는지, 엄마는 부엌으로 나가더니 부지깽이를 들고 들어왔습니다. 부지깽이를 보자 누나는 더욱 자지러지게 울면서 엄마에게 빌었습니다.

“엄마, 엄마, 잘못했어요. 엄마, 잘못했어요. 한 번만 용서해 주세요.”

“오냐, 니가 잘못했다고 하는 걸 보니 훔치긴 훔친 모양이구나. 너 쉐타 어디다 감춰 놨어? 어서 바른대로 말해!”

“엄마, 나 쉐타 안 가져왔어요. 정말이에요, 엄마.”

“이것이 그래도 바른대로 말 못해!”

엄마는 분이 다 풀릴 때까지 한참 매타작을 했습니다.

아버지는 엄마가 누나에게 모진 매를 때리는데도 나 몰라라 하고 마룻바닥에 벌렁 누워 코를 골았습니다. 나는 아버지의 그 모습에 누나를 때리는 엄마보다 아버지가 더 밉고 원망스러웠습니다.

얼마 후 엄마가 매질을 그쳤을 때에는 누나의 몸은 엉망이 되어 있었습니다. 머리칼은 여기저기 흐트러져 있고, 눈물과 코피가 얼굴에 엉겨 있었으며, 옷자락도 여기저기 뜯겨져 있어 참상은 이루 말할 수가 없었습니다.

아무 잘못도 없이 죽도록 매를 맞은 누나는 그 밤에 밖으로 나가 밤새 울었습니다. 추운 겨울밤 어디 갈 곳도 없는 누나는 뒤란 굴뚝 밑에 웅크리고 앉아 울었던 것입니다.

나는 이불 속에 누워 답답한 가슴을 쓸어내리며 누나의 흐느끼는 울음소리를 밤새 들어야 했습니다.

순덕이 누나는 뭘 아는 것인지 모르는 것인지, 엊저녁 그렇게 매를 맞고서도 아침이 되면 언제 매를 맞았냐 싶게 새벽부터 집 안일을 거들었습니다. 쇠죽을 쑤고 가마솥에 물을 붓고 불을 땠습니다. 그러면 나중에 일어난 식구들은 누나가 데워 놓은 물로 세수를 했습니다.

누나는 여러 형제들 중 특히 나를 아껴주었습니다. 그렇다고 다른 식구들을 아끼지 않았냐 하면 그건 아닙니다. 정이 많고 착한 누나라 식구들뿐만 아니라 다른 사람들한테도 잘했습니다.

가끔 우리 집에 거지들이 찾아올 때가 있습니다. 그러면 누나는 그들을 절대로 그냥 보내는 법이 없었습니다. 엄마나 아버지 몰래 쌀이나 보리쌀을 퍼다 주었습니다. 이렇게 착하고 정이 많은 누나를 우리 식구들이나 마을 사람들이 덜떨어진 사람으로 취급하는 것이 나는 이해가 가지 않았습니다.

언젠가는 또 이런 일이 있었습니다. 그날은 마을 어른의 회갑 잔칫날이었습니다. 엄마와 누나는 아침부터 일찌감치 회갑 집에 일을 거들러 갔습니다. 시골 어디서나 마찬가지겠지만 우리 마을에서는 잔치가 있다든가 초상이 나면 모두 나서서 일을 거들었습니다.

내가 학교에서 돌아와 보니 식구들은 모두 회갑 집에 가서 집 안이 텅 비어 있었습니다. 다른 아이들은 학교에서 돌아오기가 무섭게 회갑 집으로 달려갔을 것입니다. 그러나 나는 원래 성질이 못되어 남의 집에 가서 밥을 얻어먹거나 음식을 얻어먹는 것을 싫어했습니다. 그래서 나 혼자 부엌에 들어가 밥을 꺼내먹으려고 했습니다. 그런데 그때 순덕이 누나가 함지박을 이고 땀을 뻘뻘 흘리며 대문 안으로 들어왔습니다.

"창수야, 너 학교에서 왔구나. 내가 너 줄려고 음식 싸왔다."

그러면서 누나는 함지박을 마루에 내려 놓고 씩 웃었습니다.

"누나, 힘든데 뭘 이런 걸 이고 와."

나는 괜히 심통이 나서 퉁명스럽게 누나에게 말했습니다.

어린 마음에도 누나가 나를 생각하여 사람들의 눈치를 봐가면서 음식을 싸왔을 것을 생각하니 괜스레 화가 났던 것입니다.

"히 힘들긴 뭐가 힘들어. 창수야, 어서 빨리 먹어."

누나는 대수롭지 않게 내 말을 흘려듣고는 가지고 온 음식을 마루에 늘어 놓았습니다.

누나가 싸온 음식은 여러 가지였습니다. 잡채·떡·묵 무침·돼지고기·생선전·꼬막·국수 따위였습니다.

"어 어서 먹어. 난 또 빨리 가봐야 돼."

누나가 어서 먹으라고 채근했습니다.

"알았어."

나는 누나가 가지고 온 음식을 허겁지겁 먹기 시작했습니다. 누나는 그런 내 모습을 마루 한쪽 귀퉁이에 앉아 말없이 바라보았습니다.

이렇게 착하고 정이 많은 누나가 정말로 어이없게 죽고만 사건을 무엇으로 설명할 수 있을까요? 이렇게 살다가 죽는 것이 누나의 운명이라고 해야 할까요? 지금 생각해보면 너무 어이없고 원통한 죽음이 아닐 수가 없었습니다. 한마디로 누나의 죽음은 우리 식구들의 무관심과 무지, 가난 때문이라고 할 수 있습니다. 그 생각을 하면 누나의 죽음이 너무나 원통하고 통탄스럽습니다.

순덕이 누나를 죽음으로 몰아넣은 사건이 일어났습니다.

누나가 아침 설거지를 하고 있는데, 이웃에 사는 명숙이 할머니가 고추밭을 매달라고 집으로 찾아왔습니다.

그때 마침 엄마는 볼일이 있어서 외삼촌 집에 가시고, 집에는 막내 동생과 누나만 있었다고 합니다. 일이라면 무슨 일이든지 가리지 않고 하는 누나라, 누나는 명숙이 할머니를 따라 고추밭을 매러 갔다고 합니다.

그날따라 날씨는 유난히 더웠고 밭으로 내온 점심을 먹고 일을 시작하려는 순간, 누나는 배를 움켜쥐고 땅바닥에 뒹굴었다는 것입니다. 그런 누나를 빨리 손을 써 병원으로 데리고 가야 했는데, 집으로 데리고 와 기껏 민간요법 치료를 했다는 것입니다.

사실 그때만 해도 웬만한 큰 병이 아니면 병원에 갈 생각을 못했습니다. 병원에 가고 싶어도 돈이 없어 못 가는 경우가 대부분이었고요.

집안에 큰일이 일어난 줄도 모르고 학교에서 돌아와 보니, 누나는 방에 누워 끙끙 앓고 있었습니다. 이제껏 나는 누나가 아파서 누워 있는 것을 본 적이 없었습니다. 그런데 누나가 앓아 누워 있다니 아파도 보통 아픈 것이 아니라고 생각했습니다.

나는 걱정이 되어 방으로 들어갔습니다. 방에 누워 있는 누나는 전혀 딴사람 같아 보였습니다. 내가 오는 것도 모르고 신음 소리를 내며 누워 있었습니다. 얼굴은 백지장처럼 하얗고, 진땀을 뚝뚝 흘리면서 연신 숨을 가쁘게 쉬는 모습이, 증세가 보통 심각해 보이지가 않았습니다.

나는 겁이 나면서도 걱정이 되어 누나에게 다가가 이마에 손을 얹으며 물었습니다.

"누나, 많이 아파?"

나의 물음에 누나는 간신히 입을 열어 모깃소리만 한 목소리로,

"응, 아파. 차 창수야, 나 죽을 것 같아."

하면서 눈물을 주르르 흘렸습니다.

"누나, 왜 그런 말을 해. 누나, 가만히 누워 있어. 내가 아버지 찾아서 병원에 가자고 할게."

나는 누나의 손을 꼭 쥐었다 놓으며 그 길로 아버지를 찾으러 밖으로 나갔습니다.

집을 나온 나는 옆집 철민이 엄마에게 아버지가 누구네 집일

을 갔는가 물어, 길수네로 일하러 간 것을 알아내고 논으로 찾아 갔습니다.

길수네 논은 마을을 한참 벗어나 만석 들판에 있었습니다. 나는 죽을 힘을 다해 달렸습니다. 저만치 논에서 일하는 마을 사람들과 아버지가 보였습니다.

"아버지! 아버지! 누나가 지금 아파서 죽으려고 해요. 빨리 병원에 가야 돼요!"

나는 숨이 턱에 닿도록 제방 둑을 달리며 아버지를 향해 소리쳤습니다.

나의 외치는 소리를 들은 마을 아저씨들이 허리를 펴고 내가 있는 쪽으로 눈길을 돌렸습니다.

"아버지! 누나가 아파서 죽으려고 해요. 빨리 나오세요!"

아버지에게 다가가며 내가 거듭 애타는 소리로 말했습니다.

"야, 이놈아! 무슨 난리라도 났냐? 여기까지 와서 웬 소란이냐, 소란이."

헐레벌떡 달려온 나에게 길수 아버지가 핀잔 섞인 말을 했습니다.

나는 길수 아버지의 말에 대꾸도 않고 아버지에게 다급함을 호소했습니다.

"아버지, 누나가 지금 아파서 죽으려고 한단 말이에요. 빨리 집에 가세요."

"순덕이가 아파? 어디가 어떻게 아프길래 여기까지 나와?"

아버지가 대수롭지 않은 일로 귀찮게 한다는 듯한 표정을 지으며 나를 쏘아보았습니다.

나는 아버지의 눈길을 피하지 않고 조금 볼멘소리로 대답했습니다.

"배가 아프대요."

"뭐라구? 배가 아파? 니 엄마는 어디 갔어?"

"외삼촌네 갔어요."

"거긴 또 뭐하러 갔어? 배가 아프단 걸 보니 체한 모양이다. 그런 걸 가지고 여기까지 뛰어와 호들갑을 떨어?"

"창수야, 네 누나 체한 거다. 별거 아니니까 명숙이 할머니한테 가서 사관 좀 터달라고 해라. 그러면 깨끗이 낫는다."

준수 할아버지가 담배에 불을 붙이며 나에게 말했습니다.

아버지는 물론이고 아저씨들 모두가 누나가 아픈 것에 대해 조금도 심각하게 생각하지 않았습니다. 나는 혼자 애가 달았습니다. 아무도 없는 집에서 혼자 끙끙 앓고 누워 있을 누나를 생각하니 미칠 것 같았습니다. 오늘따라 외삼촌 집에 가서 돌아오지 않는 엄마가 무척 원망스러웠습니다.

그날 저녁, 순덕이 누나는 밤을 못 넘기고 죽고 말았습니다.

나는 사람이 죽는 것을 누나를 통해 처음 보았습니다. 개가 죽고 돼지가 죽고 닭이 죽는 것은 보았지만, 사람이 죽는 것을 본 것은 누나가 처음이었습니다. 누나는 참으로 힘없이 어이없이 죽고 말았습니다.

누나가 죽던 날 밤, 나는 누나의 곁을 떠나지 않고 간호했습니다.

엄마와 아버지는 누나가 그러다 낫겠지 하는 생각으로 주무셨습니다. 낮에 힘들게 일하는 부모님은 고단해서 저녁만 먹었다 하면 일찌감치 잠자리에 들었습니다. 동생들도 모두 잠이 들고 나만 홀로 잠들지 못하고 누나 곁에 있었습니다.

누나 곁에 있었지만 나라고 해서 특별히 누나를 위해 해줄 일은 없었습니다. 가끔 물이나 떠다 주고, 수건을 물에 적셔 이마에 얹어주는 일 말고는 말입니다.

그렇게 자정이 넘은 한밤중이었을까요. 졸음이 와서 꾸벅꾸벅 졸다가 나도 모르게 까무룩 잠이 들려고 했습니다.

그때 갑자기 누나가 누웠던 자리에서 벌떡 몸을 일으키며 소리를 질렀습니다.

"차 창수야, 창수야, 저기 저기 빛이 보인다! 저기 저기……."

갑작스런 누나의 행동에 나는 당황스러워 어찌할 바를 모르고 멍한 눈으로 누나를 쳐다보았습니다. 그러자 누나는 손가락으로 벽을 가리키며 뭐라고 중얼거렸습니다.

나는 무섭기도 하고 당황해서 어찌할 바를 몰랐습니다. 엄마나 아버지를 깨워야 할 텐데 그럴 수가 없었습니다. 나는 그저 멍

하니 누나를 쳐다보기만 했습니다.

한참 벽을 보고 허공을 향해 뭐라고 중얼거리던 누나가 나에게로 얼굴을 돌렸습니다. 그러더니 누나는 한참 동안 나를 바라보았습니다. 그렇게 얼마를 있다가 나에게 무슨 말을 할 듯 말 듯 하더니, 누나가 짚단 쓰러지듯 맥없이 쓰러졌습니다. 숨을 거둔 것이었습니다. 그때서야 나는 정신이 번쩍 들어 울면서 마루로 뛰쳐나가 엄마를 불렀습니다.

그 이튿날 순덕이 누나는 우리 집 산비탈 밭 한 귀퉁이에 묻혔습니다. 길지 않은 삶을 산 누나는 살아생전 먹을 것 한 번 제대로 못 먹고, 입을 것 한 번 제대로 못 입고 슬픈 삶을 마감한 것입니다.

누나가 죽은 지 사십여 년이 훨씬 지난 지금에도 나는 순덕이 누나에 대한 기억과 추억을 잊을 수 없습니다. 혹 가다 먹을 것이 생기면 자기는 먹지 않고 감춰두었다가 내가 학교에서 돌아오면 몰래 꺼내주던 누나.

특히 누나가 죽던 날 밤의 순간을, 그리고 죽은 누나의 눈가에 맺혀 있던 눈물을 잊지 못하겠습니다. 어른이 되어 어쩌다 한 번 고향에 내려가면 나는 누나의 무덤을 찾습니다. 오랜 세월이 흘러 무덤의 형체는 점점 낮아지고 잡초만 무성히 자라 있는 무덤.

나는 누나의 무덤가에 앉아 누나가 가끔 부르던 노랫가락을

떠올립니다. 오래되어 정확한 가사는 기억나지 않지만, 이런 가
사의 노래였습니다.

　　엄마 엄마 나 죽으면 양지 쪽에 묻어주
　　비가 오면 덮어주고 눈이 오면 쓸어주

• • •
자작나무 숲에서 부르는 노래

아침 예불을 마치고 나온 스님은 막 떠오르는 동녘 하늘의 해를 바라보며 길게 심호흡을 하였다. 산속의 맑은 공기가 스님의 마음과 정신까지 맑게 해주는 듯했다. 스님은 그 자리에 서서 눈을 지그시 감았다. 그런 스님의 눈에 어제 산 밑에서 본 여자아이의 모습이 어른거렸다. 나이는 열두서너 살 정도나 됐을까.

여자아이는 산자락 밭에 피어 있는 배추 장다리꽃 속에 있었다. 스님은 장에 가서 필요한 물건을 사 가지고 돌아오던 길이었다. 무심히 그곳을 지나던 스님은 여자아이를 발견하고 걸음을 멈추었다. 장다리꽃 줄기를 벗겨 먹던 여자아이가 스님을 바라보았다.

"너 거기서 뭐 하니?"

스님은 물건을 담은 바랑을 땅바닥에 내려 놓고 물었다. 여자아이는 스님의 물음에 대답을 안 했다. 부끄러운 모양이었다.

여자아이는 고개를 숙이고 노란 장다리꽃만 만지작거렸다.

"녀석, 수줍어하는구나. 애야, 장다리꽃이 너무나 곱구나. 네 모습도 곱구."

"………."

여자아이는 고왔다. 산골에 사는 아이라 차림새는 남루했지만 눈망울이 옹달샘처럼 맑고 코도 오똑하고 예뻤다.

"너 저기 사니? 내가 알기론 저 집에는 두 분 노인네만 살고 계시는 줄 아는데……."

"………."

"자, 그럼 간다. 나중에 또 보자."

스님은 바랑을 어깨에 걸머지고 휘적휘적 산을 오르기 시작했다. 스님이 기거하는 거처는 화전민이 살다가 버리고 간 조그만 오두막이었다.

스님은 지난가을 이 산속의 오두막을 찾아 들어왔다. 조용히 불경을 연구하고 수행을 하기 위해서였다.

스님은 특별한 일이 아니면 거의 바깥나들이를 안 했다. 깊이 있는 불경 연구와 수행에 정진하기 위해서였다. 그래서 작년 가을에 이 산속에 들어와서 봄을 맞이했는데도 여자아이를 어제 처음 본 것이었다.

스님은 아침 공양을 짓기 위해 바가지에 쌀을 담아 물이 흐르는 계곡으로 갔다.

　잠시 후, 아침 공양을 마친 스님은 후박나무 아래에서 작설차 한 잔을 마시며 휴식을 하고 있었다. 어려운 불경을 연구하며 수행하는 틈틈이 스님은 이렇게 후박나무 밑에 앉아 차를 마시며 휴식을 취하곤 했다.

　“스님, 안녕하십니까?”

　봄볕이 따뜻하고 온 산 여기저기 피어 있는 진달래꽃을 감상하느라 누가 오는 줄도 모르고 있던 스님은, 인사말에 깜짝 놀라 고개를 돌렸다. 그러자 산 아래 사는 여자아이의 할아버지와 할머니가 손을 모으고 공손히 허리를 굽히고 있었다. 여자아이는 할머니 옆에 서 있었다.

　“아이고, 이런, 어르신들이 여긴 웬일이십니까?”

　스님이 다급하게 자리에서 일어나 두 분을 향해 합장을 했다.

　“스님께 방해가 안 되었는지 모르겠습니다.”

　할아버지가 조심스럽게 스님의 눈치를 살피며 말했다.

　“원 별 말씀을 다 하십니다. 여기 잠깐 앉으시지요.”

　스님이 자리를 가리키며 말했다.

　“아닙니다. 가봐야지요. 약초하고 산나물을 뜯으러 가다가 스님이 계셔서 인사나 하고 가려고 들렀습니다.”

　“아이고, 어르신. 인사라니요. 이렇게 들러주신 것만 해도 고마운데요. 자, 잠깐만 앉으시지요. 아시다시피 산중이라 대접할 것은 없고, 제가 마시는 차나 한 잔 대접해 드리겠습니다.”

스님은 그러면서 할아버지와 할머니의 만류에도 불구하고 오두막으로 들어갔다.

잠시 후 스님은 찻잔과 다구 그리고 한과를 들고 나왔다.

"스님, 괜히 와서 스님께 폐만 끼치네요."

할머니가 스님이 들고 온 쟁반을 받아들며 말했다.

"아닙니다. 사실 제가 먼저 어르신들을 찾아뵙고 인사를 드렸어야 하는데 그러지를 못해 죄송합니다."

"인사라니요? 산속에서 약초나 캐고 산나물이나 뜯어먹고 사는 처지에 인사가 다 뭡니까?"

할아버지가 손을 내저으며 당치않다는 듯이 스님의 말을 막았다.

"어르신, 그런 말씀 마십시오. 세상에 인사를 받을 사람이 어디 따로 있습니까?"

"그래도 그렇지요……."

할아버지가 어물어물 스님의 말에 대꾸했다.

"자, 드십시오. 입맛에 맞을지 안 맞을지 모르겠습니다만, 달리 대접할 것도 없구. 애, 너는 이 과자 좀 먹어 보려무나."

스님이 찻잔에 차를 따라 놓고 여자아이에게 한과를 건네주었다. 여자아이는 슬그머니 손을 내어 스님이 건네준 과자를 받았다.

"어르신, 이 아이가 어르신의 손녀 따님이지요?"

스님이 할아버지에게 물었다. 스님이 따라준 차를 마시던 할아버지는 찻잔을 내려 놓고 대답했다.

"예, 그렇습니다. 이 세상에 피붙이라고는 이 애 하나밖에 없습니다."

할아버지가 쓸쓸한 표정을 지으며 말했다.

"아이의 부모님은 안 계시나요?"

"그 몹쓸 것들이 지 부모보다 앞서 세상을 떴지요. 재작년에 사고로……."

"저런, 저런, 나무아미타불 관세음보살."

스님이 입 속으로 나지막이 염불을 외웠다.

봄비가 내렸다. 비를 맞고 난 나무들은 한결 싱그러웠다. 간간이 부는 바람 역시 훈훈하고 포근했다. 스님은 불경을 연구하다가 방울을 굴리는 듯한 방울새 소리에 밖으로 나왔다.

"아, 그놈 참 소리 곱다!"

스님은 자신도 모르게 감탄의 말을 했다.

방울새는 물이 흐르는 계곡 옆의 산벚나무 가지에 앉아 울고 있었다. 스님은 한참 넋을 놓고 방울새 소리에 귀를 기울이고 있었다. 그러다 문득 산 아래를 바라보니 여자아이가 산 위로 올라오고 있었다.

"명희야, 명희야, 너 어디 가느냐?"

스님이 여자아이를 소리쳐 불렀다. 숨이 가쁘게 산을 오르던 여자아이가 자기를 부르는 소리에 걸음을 멈추었다.

"어서 올라오너라. 나한테 오는 길이냐?"

스님이 선 자리에서 물었다.

"예, 스님. 할머니께서 심부름을 시키셨어요."

"그래? 무슨 심부름이냐?"

"이거요. 스님께 갖다 드리랬어요."

여자아이는 그러면서 들고 온 보퉁이를 들어 보였다.

"그게 뭐냐?"

"산나물이에요."

"산나물? 어허, 이렇게 고마울 데가. 이리 다오. 내가 들으마."

스님이 여자아이에게서 보퉁이를 건네받았다.

"자, 안으로 들어가자."

방문 앞에서 쭈뼛거리는 여자아이에게 스님이 말했다.

"예……."

방으로 들어온 스님은 보퉁이를 끌렀다. 보퉁이를 끄르자 밥통이 나왔다. 스님은 조심스럽게 밥통 뚜껑을 열었다.

"아니, 할머니께서 수고스럽게 이런 걸 만들어 보내셨느냐?"

스님은 밥통 안에 담겨 있는 나물을 보고 입을 벌리며 감탄해했다. 밥통 안에는 할머니가 만든 나물이 켜켜이 소복이 담겨 있었다.

"나물 냄새가 구수하고 향기롭구나."

스님이 나물 냄새를 맡으며 말했다.

"애야, 할머니한테 가거든 스님이 무척 고마워하시더라고 전하거라."

"예."

여자아이가 조그만 소리로 대답했다.

여자아이는 스님이 나물을 받고 이렇게 기뻐할 줄을 몰랐다. 자기네는 날마다 먹다시피하는 나물이라 여자아이는 냄새조차 맡기 싫었다. 스님은 무척 나물을 좋아하나 보다 하고 여자아이는 생각했다.

여자아이는 처음 들어와 보는 스님의 방을 이리저리 둘러보았다. 스님의 방은 단출했다. 꾸민 구석이라고는 하나도 없었다. 다만 한지에 먹으로 그린, 눈이 퉁방울만 하고 배가 불룩 나온 이상하게 생긴 중이 그려져 있는 그림 한 장만 벽에 걸려 있었다. 그리고 스님이 덮고 자는 이불과 승복, 차를 끓이는 다구와 찻잔, 그리고 책이 전부였다.

"명희야, 너 이 방에 처음 들어와 보는 거지?"

스님이 미소를 지으며 물었다.

"예……."

"어떠냐? 스님 혼자 사는 방이."

"………."

"스님들은 한곳에 오래 머물러 있지 않기 때문에 많은 것이 필요치 않단다. 하기야 있고 없음이 무어 그리 중요하냐마는……."

"스님, 혼자 계시면 무섭지 않으세요?"

"허허, 무섭긴. 자연 속에 내가 있고, 내가 자연 속에 있는데 뭐가 무섭고 두렵단 말이냐."

"………."

여자아이는 스님이 하는 말의 뜻을 알 것도 같고, 모를 것도 같았다. 스님은 정말 알쏭달쏭한 말만 골라 했다. 스님도 그걸 아셨는지 여자아이의 머리를 쓰다듬으며 다정하게 말했다.

"내가 너한테 무슨 말을 하는지 모르겠구나. 명희야, 너 여기에 사니까 외롭지? 친구도 없고 말이야."

"………."

여자아이는 스님의 물음에 대답을 못했다. 친구도 없고 외롭단 말을 들으니까 괜히 코끝이 시큰해졌다.

"명희야, 네가 이다음에 어른이 되면 알겠다마는 외로움이 나쁜 것만은 아니란다. 하지만 외로움이 너무 길면 정작 외로움을 느껴야 할 때 못 느끼지. 아무튼 내가 여기 있는 한 자주 와서 내게 말벗이 되어다오. 나 역시 네 친구가 되어줄 테니까."

여자아이는 노래 부르기를 좋아하나 보았다. 스님이 가끔 산속을 산책하다 보면 숲에서 여자아이의 노랫소리가 들려왔다. 노래는 대개 동요였지만 스님이 처음 들어보는 노래가 많았다. 노래의 특징은 대부분 가사와 곡조가 구슬프고 처량했다.

스님은 여자아이의 노래에 귀를 기울이며 혼자 탄식하듯 말했다.

"허어, 어린것이 너무 일찍 슬픔을 알아버렸어. 나무 관세음보살."

스님은 여자아이를 위해 얼마 전서부터 생각해 둔 것이 있었다. 이제 그때가 된 것이라고 생각하고 스님은 그날 밤 이슥해서 산 아래 여자아이의 집을 찾아갔다.

"계십니까? 명희야, 명희 있느냐?"

스님이 방문 앞에서 여자아이를 불렀다. 그러자 잠시 후 방문이 활짝 열리며 할머니가 밖으로 나왔다.

"아이구, 스님. 스님이 이 밤에 어쩐 일로 오셨습니까?"

할머니는 뜻밖에 찾아온 스님을 보고 어쩔 줄을 몰라 했다. 방 안에서 약초 뿌리를 다듬고 있던 할아버지가, 스님이 찾아왔다는 말에 일손을 멈추고 다급하게 일어나 맞이했다.

"아이구, 스님. 길도 어두운데 이 밤에 어쩐 일이십니까? 누추하지만 어서 들어오십시오."

"예, 그러지요."

스님이 신을 벗고 방 안으로 성큼 들어섰다. 전기가 들어오지 않아 남폿불을 켠 방이라 방 안은 어둠침침했다.

　여자아이는 자고 있었다. 아니, 자고 있는 것이 아니라 자는 척하고 있었다. 잠은 조금 전 스님이 자기 이름을 불렀을 때 이미 깨어 있었다. 그렇지만 이제 와서 차마 일어날 수가 없어 계속 자는 척 누워 있는 것이었다.

　"제가 이 밤에 여길 찾아온 것은 다름이 아니라……."

　자리를 잡고 앉자 스님이 입을 열었다. 할아버지와 할머니는 스님이 무슨 말을 하려나 궁금하여 다음 말을 기다렸다. 그건 잠든 척 누워 있는 여자아이도 마찬가지였다.

　"저, 명희 말입니다. 두 분께서 괜찮으시다면 제가 잘 아는 서울 사시는 보살님께 맡겨 거기서 살게 하면서 공부를 시키면 어떨까 해서 말입니다."

　스님이 방 한구석에 누워 있는 여자아이를 바라보며 말했다.

　"아이구, 스님! 그렇게만 해주신다면 저희 이 두 늙은이 더 바랄 게 없지요. 안 그렇수, 영감?"

　스님의 말이 떨어지기가 무섭게 할머니가 할아버지를 돌아보며 동의를 구했다. 그러나 할아버지는 이렇다 저렇다 말이 없었다.

　"한창 공부할 나이에 이곳에 있는 것이 아이의 장래를 위해서나 뭐로 보나 좋을 것 같지 않아서 말입니다."

　스님이 차분하게 자기의 생각을 말했다.

"스님, 스님께서 우리 명희의 장래를 생각해 주셔서 고맙습니다. 우리 늙은것들이 손녀딸을 위해서 무엇을 할 수가 있겠습니까. 스님 뜻대로 해주십시오."

할아버지가 덤덤하게 말했다.

산골은 도시나 평지보다 계절이 일찍 바뀐다. 봄이 와서 산에 산매화, 진달래, 산벚꽃이 피었는가 하면, 어느새 꽃이 지고 잎이 우거진다. 그리고 어느 날 아침 계곡에 흐르는 물소리가 유난히 시원스레 들리는 날이면, 가을은 이미 산골에 찾아온 것이다. 스님은 점심 공양을 마치고 산책을 했다.

오두막 뒤에 있는 산에는 나무가 울창했다. 스님은 느린 걸음으로 산속을 걸었다. 스님이 걷는 길옆으로 아름드리나무들이 쭉쭉 뻗어 하늘을 가렸다. 전나무, 잣나무, 오리나무, 가문비나무, 상수리나무, 자작나무 들이 뒤섞여 큰 숲을 이룬 산에는 산짐승도 있었다.

저 멀리 하늘에
구름이 간다.
외양간 송아지
음매음매 울 적에
어머니 얼굴을
그리며 간다.

노랫소리가 들려왔다. 여자아이가 부르는 노래였다.

스님은 천천히 노랫소리가 들리는 쪽으로 발길을 옮겼다. 저만치 자작나무 숲이 보였다. 희끗희끗한 자작나무의 몸통이 햇빛에 반사되어 눈이 온 듯했다. 여자아이는 그곳에 있었다. 스님이 다가오는 것을 본 여자아이가 노래를 그쳤다.

"스님, 안녕하셨어요?"

여자아이가 공손하게 손을 앞으로 모으고 인사했다.

"오, 그래. 그런데 너 호랑이 나오면 어쩌려고 여기 혼자 나와 있는 게냐?"

스님이 웃으면서 말했다.

"호랑이가 어디 있어요?"

여자아이가 스님을 따라 웃었다.

"명희야, 며칠 후면 서울 사시는 보살 할머니가 너를 데리러 오실 거다."

"저를 데리러요?"

"그래, 참으로 마음씨가 곱고 불심이 좋은 분이니까 너를 친손녀처럼 대해주실 거다."

"………."

"자, 그럼 우리 걸으면서 얘기 좀 할까?"

스님이 앞서 걸으며 말했다. 스님과 여자아이는 걸으면서 이런저런 많은 이야기를 나누었다.

그로부터 며칠 후, 서울에서 보살 할머니가 스님을 찾아오셨다.

진즉에 스님으로부터 여자아이에 대한 이야기를 전해듣고, 보살 할머니는 여자아이를 데려다 같이 살면서 학교에도 보내기로 했던 것이다.

보살 할머니는 할아버지와 단둘이만 사신다고 했다. 아들과 딸이 있지만 모두 외국에 나가 살고 있어 두 분이 적적하던 차에 스님의 말씀을 듣고 흔쾌히 승낙했던 것이다.

스님께서 보살 할머니를 모시고 산 아래 여자아이의 집으로 찾아갔다. 마침 할아버지와 할머니는 마당에 널어 놓은 약초를 손질하고 계셨다.

"안녕하십니까?"

스님이 두 손을 모아 합장을 하며 인사했다.

"아이구, 스님. 어서 오십시오."

할아버지와 할머니가 다급하게 일어나 스님께 손을 모두었다.

"제가 전에 말씀드린 보살님을 모시고 왔습니다."

스님이 옆에 서 있는 할머니를 돌아보며 말했다.

"아이구, 그 먼 곳에서 오시느라 수고가 많으셨습니다."

할아버지와 할머니가 보살 할머니에게 허리를 구부려 인사했다.

“아, 뭘요. 수고가 많으십니다.”

보살 할머니가 인자하게 웃으며 마주 인사를 했다.

“아니, 그런데 명희가 안 보입니다. 어디 갔습니까?”

스님이 집 주위를 둘러보며 말했다.

“아닙니다. 산에 올라갔을 겁니다. 원 애가 집 안에 가만있으면 좋으련만……. 제가 찾아오지요.”

할머니가 치맛자락을 들어 눈가에 흐른 눈물을 찍어내며 말했다.

스님은 여자아이가 산에 올라가 노래를 부르겠구나 하고 혼자 속으로 생각했다. 아닌 게 아니라 바로 그때 여자아이의 노랫소리가 들려왔다.

엄마야 누나야 강변 살자
뜰에는 반짝이는 금모래 빛
뒷문 밖에는 갈잎의 노래
엄마야 누나야 강변 살자

바람결에 이어졌다 끊어졌다 들려오는 노랫소리에 스님은 “나무아미타불 관세음보살” 하고 나지막이 염불을 외웠다.

“이것아, 어딜 그렇게 쏘다니냐? 집 안에 가만있지 않고.”

할머니가 마당으로 들어서는 손녀에게 다가가며 한마디 했다.

여자아이의 손에는 산에서 꺾은 꽃이 한아름 들려 있었다.

스님이 여자아이에게 말했다.

“예쁜 꽃을 많이 꺾어왔구나. 명희야, 내가 전에 말한 서울에 사시는 할머니를 모시고 왔다. 어서 이리 와서 할머니에게 인사를 드리거라.”

스님은 여자아이의 손을 잡고 서울에서 오신 할머니 앞으로 이끌었다. 주춤주춤 스님의 손에 이끌려 온 여자아이가 서울 할머니에게 꾸벅 인사를 했다.

“안녕하세요?”

“오, 네가 명희로구나. 네 얘기는 스님께 잘 들었다. 아주 예쁘고 총명하게 생겼구나.”

서울 할머니가 여자아이를 보고 만족스러운 듯 고개를 끄덕였다.

“어쩌냐? 이 할머니랑 서울에 가서 살지 않으련? 네가 원하면 학교에도 보내줄 테니까.”

“……….”

여자아이는 입을 꼭 다물고 잠자코 있었다. 그러자 할머니가 여자아이의 허리를 쿡 찌르며 귀에 대고 속삭였다.

“명희야, 어서 ‘네’ 하고 대답해. 얼마나 고마운 분이냐.”

할머니의 다그침에 여자아이는 마지못해 조그만 소리로,

“예” 하고 고개를 숙여버렸다.

"옳지, 옳지. 암 그래야지."

서울 할머니가 여자아이의 대답에 만족한 듯 환하게 웃었다.

잠시 후 여자아이는 방으로 들어가 옷을 갈아입고 나왔다. 손에는 조그만 가방이 들려 있었다. 여자아이의 소지품과 옷이 든 가방이었다.

할아버지는 언제 집 안에 들어가셨는지 보퉁이 하나를 들고 나왔다.

"저 이거 변변치 못하지만 저희 늙은이의 성의이니 받아주십 시오."

할아버지는 들고 나온 보퉁이를 서울 할머니에게 내밀었다.

"아니, 이게 뭡니까?"

"별것은 아니구요. 토종꿀 조금하고 약초 조금 쌌습니다."

"아유, 이렇게 귀한 것을 주시다니요. 고맙습니다."

서울 할머니가 허리를 숙여 고마움을 표시했다.

"자, 이제 그만 가셔야지요. 가실 길이 멉니다."

스님이 서울 할머니를 재촉했다.

"알겠습니다. 자, 그럼 저희는 이만 가보겠습니다. 손녀 따님 걱정은 하지 마십시오. 제가 친손녀처럼 잘 보살피겠습니다."

"네, 네, 정말 고맙습니다. 아무쪼록 우리 불쌍한 명희 잘 좀 거둬주십시오."

할머니가 계속 치맛자락을 눈가로 가져가며 말했다.

“명희야, 서울 가거든 어른들 말씀 잘 듣고 공부 열심히 해야
한다.”

할머니가 여자아이의 머리를 쓰다듬으며 당부했다.

“예, 할머니…….”

여자아이의 눈가에 눈물이 그렁그렁 맺혔다.

“잘 가거라.”

할아버지가 담배 연기를 길게 내뱉으며 작별 인사를 했다.

“할아버지, 안녕히 계세요.”

할아버지는 고개를 끄덕이며 어서 가라고 손을 휘휘 저었다.

“그럼 저는 보살님과 명희를 배웅하고 돌아오겠습니다.”

스님이 할아버지와 할머니에게 허리를 굽혀 합장을 했다.

세 사람은 집을 나왔다. 할아버지와 할머니는 한참을 따라나
오며 배웅을 하다가 산자락 밑에 서서 그만 일행과 헤어졌다.

할아버지는 가끔씩 여자아이에게 손을 흔들었고, 할머니는 계속 치맛자락을 들어 눈가를 닦았다. 여자아이도 자꾸 뒤를 돌아보며 손을 흔들었다.

그때 멀리 자작나무 숲에서 방울새의 울음소리가 맑고 투명하게 들려왔다.

기차가 지나가는 마을

'오늘도 아이는 나와 있을 거야.'

아가씨는 차창 밖을 바라보며 혼자 속으로 말했다.

기차는 기적 소리를 길게 울리며 산모퉁이를 돌아가고 있었다.

아가씨가 기차를 타고 가다 여자아이를 보고 관심을 가진 건 얼마 전의 일이었다. 날마다 하루 두 번 아침저녁으로 기차를 타고 직장을 다니는 아가씨는 차창 밖을 잘 보지 않았다. 왜냐하면 날마다 기차를 타고 가면서 보는 차창 밖이 새로울 것이 없어서였지만, 또 다른 이유는 좌석에 앉자마자 책을 펴들었기 때문이다.

그러나 요즘에는 달랐다. 가을이 되어 바깥 풍경이 너무나 아름다웠다. 그래서 요즘은 책을 보며 갈 때보다는 바깥 풍경을 보면서 갈 때가 더 많았다.

그러던 어느 날이었다.

차창 밖을 바라보며 가던 아가씨의 눈길을 끄는 여자아이가 있었다. 아이가 언제부터 그 자리에 나와 있었는지는 몰랐다. 아가씨의 눈에 띄기 훨씬 전부터 있었는지도 몰랐다. 그러다가 어느 날 아가씨의 눈에 문득 띄었을 수도 있었다.

아가씨가 아는 한 아이는 기차가 지나가는 시간이면 어김없이 밖에 나와 지나가는 기차를 하염없이 바라보았다. 아가씨가 타고 가는 기차 시간에만 나오는 건지, 다른 기차 시간에도 나오는지 그건 알 수 없었다.

그것도 어쩌다 한두 번이 아니었다. 아이는 번번이 기차가 지나가는 시간이면 그 자리에 나와 있었다. 그렇다고 아이답게 지나가는 기차를 향해 손을 흔드느냐면 그것도 아니었다. 그러기 때문에 아이는 아가씨의 눈에 더 띄었다.

어느 날부터 아가씨는 아이에 대해 호기심과 함께 궁금증이 일어났다.

아이의 집은 기차가 산모퉁이를 돌자마자 있는 볕바른 언덕배기에 있었다. 마을이라고 하기에는 뭐하지만, 그곳엔 아이네 집 말고도 다섯 채의 집이 더 있었다. 아이네 집은 그중에서도 가장 외진 곳에 있었다.

아이는 누구하고 사는지 아이 말고는 다른 식구들이 보이지를 않았다. 간혹 아이의 할머니로 보이는 노인네 한 분만이 마당에서 가끔 빗자루를 들고 서성였다.

아가씨는 그런 아이에 대해 점점 호기심이 들었다. 호기심은 점차 아이에 대한 관심으로 바뀌어갔다. 그래서 아가씨는 기차를 타고 가다 아이의 집이 가까워 오면 미리 차 창문을 열어 놓고 아이를 향해 손을 흔들었다.

'애야, 안녕! 잘 있었니?'

마음속으로 아이에게 말을 건네면서 말이다. 그러나 아이는 그런 아가씨를 보았는지 못 보았는지 아무런 반응이 없었다. 그냥 평상시와 다름없이 물끄러미 지나가는 기차를 바라보기만 할 뿐이었다.

아가씨는 그런 아이의 모습이 안타까웠다. 마주 손이라도 흔들어 주었으면 좋으련만, 여자아이는 그저 묵묵히 지나는 기차를 바라보기만 했다.

그렇게 며칠이 지난 어느 퇴근 무렵이었다.

아가씨는 사무실에서 나와 인형 가게를 들렀다. 그러고는 작은 인형 하나를 사서 예쁘게 포장했다. 그리고 쪽지에 글을 써 포장 안에 넣었다.

쪽지의 내용은 다음과 같았다.

'기차를 바라보는 소녀에게'

안녕!

네 이름은 뭐니?

이 글을 쓰는 나는 네가 날마다 바라보는 기차를 타고 직장을 다니는 언니란다.

얘야, 너는 기차를 무척 좋아하나 보구나. 아니면 다른 뭐가 있든가.

나는 기차를 타고 가면서 날마다 너를 본단다. 넌 참 귀엽고 예쁘게 생겼더구나.

그래서 내가 너에게 선물을 하려고 인형을 샀단다. 네 마음에 들지 안 들지는 모르겠지만, 네 마음에 드는 인형이었으면 좋겠구나.

그럼 이만 안녕.

기차를 타고 가는 언니로부터

아가씨는 서둘러 집으로 돌아가는 기차를 탔다.

그런데 오늘은 다른 날 같지 않게 마음이 설레었다. 사랑하는 사람을 만나러 가는 심정이 이런 것인지도 몰랐다. 아가씨는 자기도 모르게 포장된 인형을 품에 꼭 안았다.

드디어 기차는 역을 벗어나자 서서히 속력을 내어 달리기 시작했다. 번잡한 도심을 빠져나온 기차는 사방이 확 트인 들판을 달리기 시작했다.

아가씨는 차 창문을 활짝 열고 심호흡을 하였다. 도시를 벗어나자 공기의 느낌이 달랐다. 보이는 풍경과 색깔, 코끝에 스쳐 지나는 냄새도 달랐다.

기차가 달릴수록 점점 아이가 사는 집에 가까워 갔다. 아가씨는 아이의 집에 가까워질수록 걱정이 되었다. 혹시나 아이가 나와 있지 않으면 어쩌나 해서였다.

드디어 아이네 집이 보이기 시작했다. 그때 기적 소리가 '빠앙—' 하고 울렸다. 그 소리와 동시에 아이가 집 안에서 뛰어나오는 것이 보였다. 그 모습을 본 아가씨는 비로소 안심을 하고 인형을 손에 꼭 쥐었다. 이제 잠시 후면 인형을 차창 밖으로 던져야 했다.

아이가 있는 곳으로 다가갈수록 아가씨의 마음은 두근거렸다. 그 거리가 얼마 안 되는 거리이지만 아가씨에게는 한없이 멀게만 느껴졌다.

역무원 아저씨가 운전기사 아저씨와 신호를 주고받는 것처럼, 아가씨는 인형을 든 손을 밖으로 내밀었다. 드디어 아이가 서 있는 곳으로 기차가 막 지나가려는 순간이었다. 아가씨는 아이를 향해 힘껏 인형을 던졌다. 그러고는 뒤를 돌아보았다.

다행히 아이가 인형이 떨어진 곳으로 달려가는 모습이 보였다. 아가씨는 그제서야 안도의 한숨을 내쉬며 손수건을 꺼내 콧

등에 맺힌 땀을 닦았다.

"아가씨, 아이에게 뭘 던져주었수?"

맞은편 좌석에 앉아 있던 아줌마 한 사람이 호기심 어린 눈으로 아가씨에게 물었다.

"별거 아니에요……."

아가씨가 발그레해진 얼굴로 수줍게 대답했다.

"나도 기차를 타고 가면서 아이를 종종 봤다우. 기차가 지날 때마다 나와 있는 걸 보면 무슨 사연이 있는 애 같아 보입디다."

"예……."

"아이가 혼자 몹시 외롭겠어. 이웃에 또래가 있어 뵈지도 않구 말이유. 에그, 쯧쯧."

아주머니가 혼자 말하고 여자아이가 측은하다는 듯이 혀를 찼다.

다음 날, 아가씨는 출근을 하기 위해 서둘러 정거장으로 향했다.

오늘 아침은 다른 날보다 더 마음이 급했다. 다른 때는 시간에 쫓겨 마음이 급했지만, 오늘은 아이를 빨리 보고 싶은 마음에서 급했다.

아이가 인형을 보고 기뻐했는지 어땠는지 어떤 반응을 보였을지 궁금했다.

아가씨는 문득 기차가 여자아이네 집에 가까워 간다는 것을 알고 차 창문을 열었다. 곧이어 언덕 위의 아이네 집이 보였다. 아, 그런데 어쩐 일인지 아이가 보이지 않는 것이었다. 왜 안 보이는 것일까?

날마다 보이던 아이가 왜 없는지 몰랐다. 기차는 빠르게 아이네 집 앞을 스쳐 지나갔다. 사무실에 가서도 아가씨는 일이 손에 잡히지를 않았다. 하루 일을 어떻게 했는지도 모르게 아가씨는 종일 여자아이 생각만 했다.

집으로 돌아가는 기차를 타고 가면서도 온통 아이 생각뿐이었다. 그러는 사이 기차가 또다시 아이네 집 가까이 다가갔다.

멀리 언덕 위에 은행나무가 보였다. 그 아래 슬레이트 지붕이 보이고, 할머니가 무슨 일을 하는 모습이 보였다. 그리고 다행히도 아침에 모습을 보이지 않던 아이가 보였다.

'아, 아이가 나와 있구나!'

아이가 보이자 아가씨는 비로소 마음이 놓였다. 아가씨는 손수건을 꺼내 아이를 향해 흔들었다. 그것을 본 아이 역시 손을 마주 흔들었다. 한 손에는 어제 아가씨가 차창 밖으로 던져준 인형을 안고 있었다.

그 일이 있은 지 며칠이 지난 어느 일요일이었다.

아가씨가 휴일을 맞이하여 아이를 찾아가기로 했다. 아가씨

로서는 큰맘을 먹은 일이지만 언제인가 한 번은 해야 한다고 생
각했다.

버스에서 내려 한참을 걸어 아이네 집 근처에 도착하였다.
기차를 타고 다니면서 늘 보아온 언덕배기에 집이 있었다. 언덕
을 오르자 집 앞 은행나무의 황금색 은행잎들이 햇살 속에 반짝
거리며 아가씨를 맞아주었다.

다 낡은 생철 대문 앞에 다다른 아가씨가 안을 기웃거리며 문
을 두드렸다.

"계세요? 안에 누구 계시나요?"

집 안에서는 아무 기척도 없었다.

"여보세요, 누구 안 계세요?"

몇 번을 불러도 대답이 없었다.

"어디 나가신 모양이네."

아가씨는 주위를 두리번거리며 사람을 찾았다.

그렇게 얼마 동안을 집 앞에서 아가씨가 서성거리고 있을 때
였다. 언덕 아래에서 할머니와 아이가 올라왔다.

"거 누구요?"

할머니가 힘들게 언덕을 올라오며 아가씨를 보고 물었다. 아
이는 무슨 느낌을 받았는지 슬그머니 할머니 뒤로 몸을 숨겼다.

"아이고, 힘들다. 이것아, 할미 치마 잡지 말고 어여 올라가."

할머니가 아이의 등을 떠밀며 말했다. 그래도 아이는 선뜻

앞으로 나서지 못하고 쭈뼛대며 할머니 치맛자락만 잡고 올라
왔다.

아이의 손에는 아가씨가 선물한 인형이 들려 있었다. 그걸
보자 아가씨는 반가우면서도 한편으론 코끝이 시큰해졌다. 아
이는 인형을 늘 손에서 놓지 않는 것 같았다.

"할머니, 안녕하세요?"

아가씨가 할머니 앞으로 다가가며 인사를 했다.

"그런데 색시는 누구유? 못 보던 색신데……."

할머니가 손등으로 눈가를 훔치며 물었다. 아이는 여전히 할
머니 뒤에 숨어 앞으로 나오지 않고 있었다.

"할머니, 제가 아이에게 인형을 선물한 사람이에요."

아가씨가 아이를 보며 말했다.

"인형? 옳아! 그리고 보니까 아가씨가 날마다 기차를 타고
가면서 우리 아이를 본다는 색시구만."

할머니는 그제서야 알겠다는 듯 반가운 표정을 지었다.

"색시 반갑구랴. 가만있자, 여기서 이러지 말고 누추하지만
좀 안으로 들어갑시다."

"예, 할머니. 먼저 들어가세요. 저는 손녀 따님과 잠깐 이야
기 좀 나누고 들어갈게요."

"그러려우."

할머니가 대답을 하고 먼저 안으로 들어갔다.

“얘, 반갑구나. 이렇게 만나게 돼서…….”

“……….”

아이는 아가씨의 말에 아무 대꾸도 안 했다. 그저 인형만 만지작거렸다.

“얘, 너를 보니까 이 언니는 정말 기쁘다. 너도 그렇지?”

“……….”

“네 이름이 뭐니?”

“……은경이요.”

한참 만에 아이가 조그맣게 대답을 했다.

“은경이라구? 그래 은경아, 너 그 인형 마음에 드니?”

“예…….”

“그래. 인형이 아주 귀엽지?”

아가씨가 아이의 손을 잡으며 물었다.

그때 안으로 들어갔던 할머니가 대문 밖으로 다시 나왔다.

“색시, 뭘 하우? 어서 들어오지 않구.”

“예, 할머니. 들어가요. 은경아, 우리 안으로 들어가자.”

아가씨는 아이의 손을 잡고 집 안으로 들어갔다.

“그래, 색시는 어디를 다니길래 날마다 기차를 타우?”

“춘강에 있는 직장에 다녀요.”

“그렇구려. 고맙수. 우리 은경이한테 선물도 하고, 여기까지 일부러 찾아와줘서.”

“고맙긴요, 할머니.”

“휴, 저것이 제 에미가 생각나는지 기차가 지나가는 낌새만 채면 나가보는구려.”

“그게 무슨 말씀이세요?”

아가씨가 뜻밖의 할머니 말에 놀라는 표정을 지으며 물었다.

“쟤 에미가 집을 나갔다우. 집 나간 지 벌써 일 년이 다 되어간다우. 그래서 저것이 기차만 지나가면, 혹시나 지 에미가 저 기차를 타고 오지 않나 해서 나가보는 거라우.”

할머니는 말을 끝내고 한숨을 쉬었다.

아가씨는 할머니의 말을 듣고 고개를 끄덕였다. 왜 아이가 날마다 기차가 지나가는 것을 바라보는가를 그제서야 알게 되었기 때문이다.

“은경이 아빠는 안 계세요?”

“오래전에 죽었다우. 이 늙은것이 죄가 많아서 자식 일찍 잃고 이 어린것 마음에 못을 박았으니 내 죽어도 눈을 제대로 못 감을 것 같수.”

할머니는 그러면서 치맛자락을 들어 눈가를 닦았다.

“………”

할머니의 말에 아가씨는 마음이 아팠다. 아이는 여전히 인형만 만지작거리며 시무룩한 표정으로 앉아 있었다.

할머니와 이야기를 끝내고, 아가씨는 아이와 이런저런 이야기를 나누었다. 두 사람이 이야기를 나누는 동안 할머니는 마당에 널어 놓은 콩을 타서 키질을 했다.

"은경아, 이제 언니는 돌아가야겠다. 벌써 시간이 많이 지났는걸."

아가씨가 시계를 보며 말했다.

"………."

아가씨의 말에 아이가 아쉬운 표정을 지었다.

두 사람은 마당으로 나왔다. 그러자 할머니가 아가씨를 보고

"색시, 왜 나오우?"

하고 잠시 키질을 멈추며 물었다.

"할머니, 이제 그만 가봐야겠어요."

"아이구, 그게 무슨 말이우. 저녁이나 해서 먹고 가야지."

할머니가 펄쩍 뛰며 말했다.

"아니에요. 할머니, 그냥 가겠어요."

"이거 먼 데까지 일부러 찾아왔는데 서운해서 어쩌누."

할머니가 치맛자락을 들어 코를 훔치며 서운해했다.

"할머니, 다음에 또 올게요. 그럼 안녕히 계세요. 은경아, 너도 잘 있어. 언니 다음에 또 올게."

작별 인사를 하고 아가씨는 천천히 언덕길을 내려갔다.

"잘 가우!"

"언니, 안녕!"

"안녕히 계세요! 은경아, 잘 있어!"

아가씨가 뒤돌아서서 손을 흔들었다.

아이와 할머니는 은행나무 밑에서 아가씨를 배웅하며 손을 흔들었다. 아가씨도 언덕을 내려가면서 계속 손을 흔들었다.

· · ·
느티나무 전설

"영감, 바람이 아직 차가운데 오늘은 그만 집에서 쉬시구려. 원 정성이 뻗쳐도 보통 정성이 뻗친 것이 아니구려."

새벽바람부터 일어나 옷을 차려입는 할아버지에게 할머니가 걱정 섞인 푸념을 했습니다.

"당신은 좀 더 눈을 붙여요. 어제오늘 한 일이 아닌 일을 쉬어서야 쓰겠소. 내 속히 다녀오리다."

할아버지가 할머니에게 말하고 방문을 열고 나갔습니다.

"원, 영감님이 몸도 생각하지 않고……. 저 정성을 누가 알아주누……."

방문을 열고 나가는 할아버지의 등 뒤에 대고 할머니가 걱정스런 낯빛으로 구시렁거렸습니다.

방을 나온 할아버지는 창고에 세워둔 오토바이를 끌고 나왔습니다. 그러고는 시동을 걸고 조심스럽게 오토바이를 출발시

컸습니다. 초봄이라 하지만 아직 아침 바람은 차가웠습니다. 더군다나 오토바이를 타고 가면서 느껴지는 바람은 더욱 차서 할아버지는 옷깃을 잔뜩 여미고 몸을 움츠렸습니다.

할아버지가 날마다 새벽같이 가는 곳은 전에 살던 동네입니다. 동네는 지금 개발 지역으로 지정되어 그곳에 살던 사람들은 전부 다른 곳으로 옮겨갔습니다. 할아버지네도 예외는 아니어서 그곳을 떠나 현재 사는 곳으로 이사 온 지가 1년이 조금 넘었습니다.

그런 할아버지가 하루도 빠짐없이 전에 살던 동네로 가는 까닭은 느티나무 때문이었습니다. 수령이 600년이 다 된 느티나무는 바로 할아버지네 집 옆에 있었는데, 이 나무는 할아버지의 18대조가 심으신 것입니다. 그래서 할아버지는 조상을 위하는 마음으로 날마다 새벽같이 일어나 나무에 가서 절을 하고 정성을 다하여 보살폈습니다.

그런 할아버지에게 느티나무는 그냥 나무가 아니라 조상의 분신과도 같았습니다. 그래서 동네가 개발된다고 했을 때, 할아버지는 느티나무가 개발 지역에 포함되어 베일까 가장 걱정을 했습니다.

다행히도 나무는 개발 지역에서 비켜났습니다. 관계 기관에서도 느티나무의 가치를 인정하여 보존하기로 한 것입니다. 그런 결정이 났을 때 누구보다 다행으로 여긴 사람은 할아버지였습니다. 그렇지만 할아버지네가 한 자리에서 18대를 살아온 집에서는 살 수가 없었습니다. 집터가 개발 지역에 포함되었기 때문입니다. 그래서 할아버지네는 다른 곳으로 이주를 해야 했습니다.

나라에서 하는 일이라 따르기는 했지만, 할아버지와 동네 사람들은 대대로 살아오면서 농사짓던 동네를 떠나는 것을 못내 아쉬워했습니다. 할아버지는 그런 마음이 더했습니다. 왜 아니 그러겠습니까. 할아버지는 새벽마다 느티나무에 가서 절을 하고 보살폈을 뿐만 아니라, 한 달에 두 번 초하루와 보름에는 포와 막걸리를 준비하여 정식으로 제를 지냈습니다. 그리고 제를 지낸 다음에는 막걸리를 나무뿌리에 부어 주었습니다.

"개발도 좋고 다 좋으니 부탁하는데, 이 늙은이가 이 집에 살면서 느티나무를 보살피도록 해주시오. 제발 부탁이오."

할아버지는 관공서에서 나온 사람들을 붙잡고 간곡하게 부탁하였습니다.

"할아버지, 그 부탁은 제 개인적으로 들어 드릴 수 있는 문제가 아니에요. 제가 있는 힘은 써보겠지만 장담은 못합니다."

할아버지의 부탁에 담당 공무원이 할아버지에게 말했습니다. 그러나 그런 그의 말에는 확신이 없었습니다.

이렇게 해서 할아버지의 느티나무 새벽 순례가 시작되었습니다.

집에서는 할아버지의 이런 일에 가족 모두가 반대를 하고 말렸습니다.

"영감, 무슨 할 일이 없어 사서 고생을 하시우. 제발 그만두시우. 정 하시려면 힘드니까 날마다 가지 말고 한 달에 두 번만 가시우."

"그러시죠, 아버지. 새벽같이 오토바이 타고 가시다가 무슨 일이라도 나시면 어떻게 하시려고 그러세요. 어머니 말씀대로 한 달에 두 번만 가셔요."

함께 사는 둘째 아들이 말했습니다.

"아니다. 내가 사는 동안에는 저 나무에 가서 문안 인사를 드려야 한다. 저 나무가 어떤 나무냐? 우리 조상님께서 심어서 지금까지 명맥을 이어온 나무가 아니냐? 이 일은 내 대에서 끝나는 것이 아니라 내가 죽으면 네가 이어서 해야 하고, 네 다음으로는 영민이가 이 일을 해야 한다."

할아버지는 가족들의 만류에도 고집을 꺾지 않으셨습니다. 오히려 한 술 더 떠 손자 영민이를 돌아보며 당부하듯 말했습니다.

"영민아, 그렇지? 네가 이다음에 할아비나 네 아빠 대신 이 일을 할 거지?"

그러자 영민이는 할아버지의 말에 얼른 대답을 했습니다.

"네, 할아버지. 제가 느티나무를 돌볼게요."

“오냐, 그럼 그래야지.”

할아버지는 손자의 대답이 흡족하신지 영민이의 머리를 쓰다듬어 주었습니다.

그런 일이 있고 난 지 얼마 안 된 토요일이었습니다. 영민이는 학교에서 돌아오다가 오토바이에 삽을 싣는 할아버지를 보았습니다.

“할아버지, 일하러 가세요?”

“학교에서 오는구나. 그래, 어서 집에 들어가서 점심 먹거라.”

할아버지가 영민이를 반갑게 맞이하며 말했습니다.

“할아버지, 밭으로 일하러 가시는 거죠? 저도 따라갈게요.”

“그건 왜? 집에서 밥 먹고 공부하고 있지.”

“밥은 안 먹어도 돼요. 오다가 빵 사 먹었어요. 저도 가고 싶어요. 우리 동네가 어떻게 되었는지 궁금해요. 느티나무도 보고 싶고요.”

영민이가 계속 따라가겠다고 떼를 썼습니다. 그러자 할아버지도 못 이기는 체하며 허락했습니다.

“녀석, 고집하고는. 그래, 그럼 가방 집에 두고 나오너라.”

할아버지의 말에 영민이는 얼른 가방을 집에 두고 뛰어나왔습니다.

할아버지와 영민이는 오토바이를 타고 전에 살던 동네로 갔습니다. 동네는 지금 사는 곳에서 30분만 가면 있었습니다. 동네

입구에 들어서자 여기저기 허물어진 집이 보였습니다. 그 모습을 보고 할아버지가 혀를 찼습니다.

"쯧쯧쯧."

"할아버지, 저기 우리 느티나무가 보여요."

영민이가 오토바이 뒤에서 손으로 느티나무를 가리키며 소리쳤습니다.

할아버지는 오토바이를 느티나무 옆에 세웠습니다. 그러고는 느티나무를 한 바퀴 천천히 돌아보며 이상이 있나 없나를 살펴보았습니다. 느티나무는 우람한 자태를 보이며 여전히 우뚝 서 있었습니다.

"영민아, 할아비가 옛날이야기 하나 해주련? 이 나무하고 관련된 이야기란다."

느티나무 둘레를 다 돌아보신 할아버지가 영민이에게 말했습니다.

"무슨 애긴데요? 해주세요."

영민이가 호기심을 보이며 할아버지를 채근했습니다.

"할아버지가 아주 어렸을 적에 직접 본 거란다. 그러니까 꾸며낸 이야기가 아니야. 저기 저 나무 밑둥에 혹 같은 것이 있지? 아주 큰 혹 말이다."

그러면서 할아버지는 나무 밑둥에 커다랗게 솟아 있는 둥그렇게 튀어나온 것을 가리켰다. 할아버지가 가리키는 곳을 보니 정

말 사람의 혹 같은 것이 나무 밑둥에 둥그렇게 솟아올라 있었다.

"예, 할아버지. 정말 혹처럼 불룩해요."

"그렇지. 저걸 말이다. 우리 마을 어른 두 사람이 떼어다가 목침을 만들었단다. 그런데 신기하게도 목침을 만든 두 사람 얼굴에 저것과 똑같은 혹이 났지 뭐냐. 그래서 깜짝 놀라 한 사람은 나무가 노해서 벌을 받은 것으로 알고, 나무에게 가서 백배사죄를 했단다. 그랬더니 혹이 감쪽같이 없어졌어. 그런데 한 사람은 사죄를 안 했어. 그랬더니 혹이 없어지지 않고 그 사람이 죽을 때까지 얼굴에 달려 있었단다. 거짓말 같은 이야기로 들리지? 그렇지만 내가 직접 본 거니까 거짓말이 아니야."

"정말이에요, 할아버지? 이 나무가 그런 나무란 말이에요?"

영민이가 믿기지 않는다는 듯 놀란 얼굴로 할아버지에게 물었습니다.

"그럼, 이 할아비가 너에게 거짓말을 하겠냐? 그뿐만이 아니란다. 이 나무가 얼마나 영험한지 말이다, 잎이 무성하게 자라는 해에는 풍년이 들었고, 그렇지 않고 잎이 듬성듬성 난 해에는 흉년이 들었단다."

할아버지는 그러면서 느티나무를 올려다보았습니다.

"영민아, 이 나무는 보통 나무가 아니야. 그러니 이 할아비가 죽고 없더라도 네가 이 할아비의 뒤를 이어 이 느티나무를 잘 돌봐야 한다. 알았느냐?"

할아버지가 영민이를 돌아보며 거듭 당부의 말을 했습니다.

"예, 할아버지, 염려 마세요. 제가 느티나무를 잘 돌볼게요."

영민이가 대답하고 느티나무의 몸통을 손으로 쓰다듬었습니다. 그러자 느티나무는 응답이라도 하듯 나뭇잎을 살랑살랑 흔들었습니다.

• • •
간지럼 타는 배롱나무

말썽꾸러기 형제들을 학교에 보내고 할머니는 호미를 들고 밭으로 향했다. 집 가까이에 있는 산등성이 비탈밭으로 가기 위해서였다. 비탈밭에는 지금은 거의 사라지다시피 한 앉은뱅이 밀이 자라고 있었다.

바람이 잦고 척박한 땅 산등성이 비탈밭에는 키가 작은 토종밀인 앉은뱅이 밀이 잘 자랐다. 그래서 할머니와 할아버지는 해마다 그 밭에 앉은뱅이 밀을 심으셨다.

한참을 힘들게 산비탈을 오른 할머니는 밭가에 이르자, 머리에 두른 수건을 벗어 얼굴을 훔치며 땀을 들였다.

밭에서는 바다가 훤히 내려다보였다. 그리고 산비탈이 끝나는 오른쪽으로 학교가 보였다. 할머니의 눈길은 자연히 손자들이 다니는 학교로 향하였다. 학교라고 하지만 전 학년 통틀어 학생 수가 열서너 명밖에 되지 않은 작은 분교였다.

그 분교에 할머니의 손자 명식이와 명철이 형제가 다니고 있었다. 큰 손자 명식이는 5학년이고, 명철이는 3학년이었다.

할머니와 할아버지는 슬하에 자식 셋을 두었다. 아들 둘에 딸이 하나였다. 자식들에게는 집안이 어려워 공부를 많이 시키지 못하였다. 그러나 자식들은 그런 부모를 원망하지 않고 뭍에 나가 직장을 잡고 결혼을 하고 살았다.

할머니와 할아버지는 자식을 내보내고 두 내외가 섬에서 호젓이 살았다. 비록 가진 것은 없지만 서로 의지하며 살았다. 할머니는 주로 밭에 나가 채소나 곡식을 가꾸었다. 그리고 틈틈이 개펄에 나가 조개 따위를 채취하셨다. 할아버지는 바다에 나가 고기를 잡으셨다.

그런데 어느 날이었다. 연락도 없이 큰아들이 불쑥 섬으로 찾아왔다. 그것도 혼자가 아니라 손자 둘과 동행해서였다.

"어머니, 아버지 죄스럽소만 이 아이들을 좀 맡아서 키워주소. 내 돈 벌어서 다시 찾을 때까지만이요."

아들은 할머니와 할아버지에게 밑도 끝도 없이 이렇게 말하고 아이 둘을 맡긴 채 훌쩍 떠났다. 그러나 그렇게 떠난 아들은 여러 해가 지나도 아무런 소식이 없었다. 돈을 벌면 자식들을 찾아간다고 하였지만 그날이 언제인지는 알 수가 없었다.

나중에 알았지만 아들은 사업을 하다가 쫄딱 망해 도망 다니고 있었다. 그 여파로 아이들 엄마는 집을 나가버렸다. 그래서 아들 혼자 두 아이를 양육하였다. 그러나 빚쟁이에 시달리고, 혼자 벌어야 먹고 사는 아들은 아이들을 키울 수가 없었다. 그래서 할 수 없이 아이들의 할머니, 할아버지를 찾아와 아이들을 맡긴 것이었다.

할머니와 할아버지는 아들의 처지가 비통하여 땅이 꺼져라 한숨을 쉬고 한탄을 하였다. 하지만 어쩔 수가 없었다. 현실을 받아들일 수밖에 없었다.

"에휴, 두 녀석이 말썽 안 부리고 공부를 잘해야 할 텐디……."

할머니가 학교 쪽을 바라보며 혼잣말을 하였다.

할머니는 손자 명식이와 명철이가 섬으로 왔을 때를 생각하면 지금도 저절로 한숨이 나왔다. 두 아이가 할머니, 할아버지에게 맡겨졌을 때 명식이는 겨우 여섯 살이었고, 명철이는 네 살이었다. 그런 어린 손자 둘을 키우느라 할머니는 죽을 고생을 하였다.

가뜩이나 고생으로 많아진 주름이 더 늘어났다. 그도 그럴 것이 명식이와 명철이는 무던히도 할머니의 속을 썩였다.

밤만 되면 자기 집에 가겠다고 떼를 쓰고 우는 일이 다반사였고, 밥때만 되면 반찬 투정을 하며 밥을 먹지 않았다. 그런 손자들을 볼 때마다 할머니와 할아버지는 억장이 무너졌다.

섬에서 두 노인들이 먹는 반찬이라야 김치에다 된장찌개 그리고 해산물이 전부였다. 그러나 명식이와 명철이는 이런 반찬

은 거들떠보지도 않고 맛이 없다고 투정을 부렸다.

"반찬이 왜 이래?"

"고기도 없고. 에이, 밥 먹기 싫어."

그러면서 숟가락으로 밥을 헤집어 놓고 반찬도 들쑤셔 놓았다.

"아니, 인석들이 뭐하는 짓들이야? 어서 얌전히 밥 먹지 못혀!"

할아버지가 손자들의 하는 짓을 보고 노여워 소리를 질렀다.

"그래, 그래, 우리 명식이, 명철이 착하지. 어서 밥 먹거라. 할머니가 이따 고기반찬 해주마."

할머니가 그런 손자들을 달래고 달랬다.

할머니가 달래도 아이들은 반찬 투정과 함께 냄새가 난다느니, 밥이 질다느니 하면서 밥을 깨작거리다가 수저를 내려 놓았다. 밥을 제대로 안 먹으니 명식이와 명철이는 배가 고파 날마다 군것질거리를 찾았다.

"할머니, 나 피자 먹고 싶어."

"난 통닭."

동생인 명철이가 피자가 먹고 싶다고 하면, 형인 명식이는 통닭이 먹고 싶다고 할머니를 졸랐다.

"야, 이 철없는 것들아. 섬 구석에 무슨 피자가 있고 통닭이 있어? 저런 철딱서니 없는 것들 같으니……."

할머니는 철없이 구는 손자들을 나무라며 한숨을 쉬었다.

그때가 엊그제 같은데 명식이와 명철이는 어느새 5학년, 3학년이 된 것이었다.

"휴, 참으로 모진 세월이 흘렀구먼……."

점심때가 가까워 오자 할머니는 집으로 돌아왔다.

할아버지의 점심을 차려 드리기 위해서였다. 할아버지는 오늘도 아침을 드시자마자 고기를 잡으러 바다로 나가셨다. 할아버지는 날만 새면 바다로 나갔다.

바다는 할아버지의 일터요, 쉼터였다. 할아버지는 젊으셨을 때에는 남의 배에서 고기 잡는 일을 하셨다. 나이가 드신 요즘은 힘이 부쳐 그 일은 못하고, 혼자서 조그만 거룻배를 몰고 나가 주낙으로 고기를 잡으셨다. 할아버지가 잡은 고기는 팔아서 손자들의 학용품 사는 데나 집안에 필요한 물건들을 사는 데 쓰였다.

할머니는 할아버지의 점심을 차려주고 안방에서 주섬주섬 옷을 갖춰 입었다. 절에 가기 위해서였다. 이 작은 섬에는 오래된 절이 하나 있었다. 절은 섬 주민들뿐만 아니라 뭍에서도 때가 되면 사람들이 찾아와 불공을 드렸다.

할머니에게 절에 가는 일은 유일한 나들이였다. 요즘 들어 할머니는 절에 자주 가셨다. 큰아들 때문이기도 하였고, 손자들 때문이기도 하였다. 절에 가서 부처님에게 큰아들이 잘되기를 빌었고, 손자 명식이와 명철이가 탈 없이 잘 자라기를 기원하였다.

절에 도착한 할머니는 대웅전 앞에서 한숨을 길게 쉬었다. 할머니의 한숨은 절에 무사히 도착했다는 의미의 한숨이요, 힘겹게 걸어와 힘이 들어 쉬는 한숨이었다.

잠시 서서 호흡을 가다듬고 할머니는 불상이 있는 대웅전 안으로 들어갔다. 그러고는 손수건을 풀어 꼭꼭 숨겨둔 지전 중에 삼천 원을 꺼내 불상 앞에 놓았다.

한 푼이 아쉬운 할머니에게 삼천 원은 큰돈이었다. 할머니는 절에 올 때마다 빈손으로 오지 않았다. 꼭 삼천 원씩을 부처님 앞에 놓고 절을 하였다. 오늘도 다른 날과 다름이 없었다.

"부처님, 부처님. 이 늙은것이 부처님께 비나이다, 비나이다. 제발 우리 아들이 어디 가 있든지 지켜주시옵고, 모든 어려운 문제가 해결되어 잘 살게 해주옵소서. 그리고 우리 손자 명식이와 명철이도 건강하게 잘 자라고 열심히 공부하여 훌륭한 사람이 되게 해주옵소서……."

할머니의 간절한 기도는 끝도 없이 이어졌다. 할머니가 기도하는 동안, 주지 스님은 바깥마당에 나와 절 마당을 쓸고 있었다.

기도를 마친 할머니는 법당 안을 쓸고 닦았다. 그리고 스님이 머무시는 거처에 들어가 설거지며 청소를 하셨다. 작은 절이라 스님 한 분 외에는 다른 스님이 안 계셨다. 그래서 할머니는 가끔 절에 오셔서 청소며 설거지 등 자질구레한 일을 찾아서 하셨다.

얼마나 시간이 지났을까. 절 아래쪽에서 아이들 소리가 들려
왔다. 학교 수업을 마친 명식이와 명철이가 집에 갔다가 할머니
가 안 계시자 절로 할머니를 찾으러 오는 중이었다.

"애들아, 할머니 찾으러 오느냐?"

스님이 명식이와 명철이가 올라오는 것을 보고 물었다.

"예, 스님, 우리 할머니 여기 오셨죠?"

명식이가 스님의 물음에 대답하고 할머니가 계신가 물었다.

"할머니 말이냐? 너네 할머니 여기 안 오셨는데 어쩌지?"

스님이 싱글싱글 웃으시며 놀리듯이 말했다.

"어, 정말이에요? 우리 할머니 여기 왔는데……."

명철이가 스님의 말에 눈을 동그랗게 떴다.

"스님, 정말 우리 할머니 안 오셨어요?"

명식이가 확인을 하듯 다시 물었다.

"그렇다니까. 할머니 여기 안 오신 걸 보니 다른 데 가셨나
보다."

스님이 자꾸 싱글싱글 웃으시며 딴청을 부리셨다.

"어, 참 이상하다. 분명 할머니 여기 왔는데……."

명식이가 뒷머리를 긁적이며 실망스런 표정을 지었다. 그러
자 명철이가 그런 형을 보고 말했다.

"형, 그럼 가자. 할머니도 없는데……."

명식이와 명철이가 스님의 말을 곧이곧대로 듣고 돌아서려고 하였다. 그때 마침 할머니가 부엌에서 나오다가 명식이와 명철이를 보았다.

“명식아, 명철아.”

할머니가 명식이와 명철이를 불렀다.

“어? 할머니!”

명철이가 반가워서 큰소리로 할머니를 불렀다.

“너희들 여긴 왜 왔어? 집에 있지 않구…….”

“하하하, 이런 할머니가 언제 절에 오셨구나.”

그제서야 스님이 크게 소리 내어 웃었다.

“스님, 왜 놀리세요?”

명식이가 얼굴을 붉히며 따지듯이 물었다.

“그래, 그래. 미안하다. 내가 너희들을 놀리려고 그랬다. 보살님, 손자들이 보살님을 보러 여기까지 왔습니다. 아이들 배가 고플 텐데 뭐 먹을 거 좀 챙겨주세요.”

스님이 할머니에게 이르셨다.

“예, 알았습니다. 이 녀석들아, 여긴 왜 왔어. 할미 기도하고 집에 갈 텐데. 너희들 배고프지? 할미 따라온나. 주방에 뭐 먹을 것이 있나 보자.”

할머니가 다리를 절뚝이며 앞장서 주방으로 들어갔다.

절에는 항상 먹을 것이 있었다. 신도들이 무슨 때가 되든가 무슨 일이 있을 때면, 떡과 과일을 부처님 앞에 놓고 불공을 드리기 때문이었다.

스님은 일부러 이런 음식을 챙겨 놓았다가 할머니가 오시면 들려 보내셨다. 손자들 먹이라고 말이다.

원래 붙임성이 있으시고 부지런한 할머니는 절에서도 인기가 있으셨다. 그래서 절을 찾는 신도들도 할머니를 좋아하셨다. 스님 역시 할머니를 좋아하셨다.

명식이와 명철이는 할머니가 차려준 떡과 과일을 배 터지게 먹고 절 마당으로 나왔다. 그런 명식이와 명철이를 스님께서 부르셨다.

"얘들아, 너희들 이리 오너라."

"예."

명식이와 명철이가 대답하며 스님 앞으로 갔다.

"너희들, 여기로 와서 이 나무 좀 보아라."

"스님, 이 나무 이름이 뭐예요?"

명철이가 스님이 가리킨 나무를 올려다보며 물었다.

"배롱나무란다. 목백일홍이라고도 하지."

"스님, 나무 몸통이 반질반질 매끈해요."

명철이가 나무 몸통을 손으로 문지르며 말했다.

"그렇지? 나무 몸통이 반질반질하지? 에라, 요 녀석아!"

갑자기 스님이 말을 끝내시자마자 명철이에게 다가가 간지

럼을 태웠다.

"우헤헤헤! 스님, 왜 그러세요? 간지러워요."

기습을 당한 명철이가 몸을 비비 꼬며 간지럽다고 외쳤다.

"간지럽지? 요 녀석아!"

스님께서 이번에는 명식이에게 간지럼을 태웠다.

"하하하하! 스님, 간지러워요."

명식이가 몸을 피하며 말했다.

"사람만 간지럼을 타는 줄 아느냐? 나무도 간지럼을 탄단다."

한참을 명식이와 명철이의 몸에 간지럼을 태우던 스님께서 하던 행동을 멈추고 말했다.

"정말이요?"

명철이가 웃음을 그치며 물었다.

"스님, 거짓말하지 마세요."

스님의 말에 명식이가 믿지 못하겠다는 표정을 지으며 스님을 돌아보았다.

"어, 녀석들. 내가 거짓말하는 것처럼 보이느냐? 봐라, 내가 증명을 해보마. 명철아, 네가 방금 손으로 만진 나무가 바로 간지럼 타는 나무란 말이다."

스님이 배롱나무를 가리키며 말했다.

"정말요? 이 나무가 간지럼을 탄단 말이에요?"

"그럼, 간지럼을 타나 안 타나 내가 한번 너희들한테 직접 보여주마."

말을 마치신 스님은 손으로 배롱나무의 몸통을 살살 간질이
셨다.

"자, 자. 봐라. 나뭇가지가 흔들리지? 그렇지?"

그러면서 스님은 계속 배롱나무의 몸통을 간질였다. 정말 그
러고 보니 스님의 손길에 따라 배롱나무 가지에 매달린 나뭇잎
이 가볍게 흔들리는 것 같았다.

"어, 어? 정말 간지럼을 타네."

명철이가 그 모습을 보고 신기하여 입을 벌렸다.

"정말 신기하다!"

명식이 역시 놀란 표정으로 배롱나무를 쳐다보았다.

"봐라. 간지럼을 타지?"

"예."

"신기해요."

명식이와 명철이가 스님의 묻는 말에 대답했다.

세 사람은 한참 동안 배롱나무의 몸통에 간지럼을 태우며 즐
겁게 놀았다.

산벗꽃 필 때

마을의 뒷동산에는 산벚꽃이 구름처럼 피었습니다.

산벚꽃뿐만 아닙니다. 산벚꽃이 피기 전, 집집의 돌담이나 흙담 곁에 서 있는 살구나무에는 살구꽃이 하얗게 피었습니다. 그래서 이 조그만 마을은 봄이 되면 그야말로 꽃 대궐이 됩니다.

작고 가난한 마을에 산벚꽃이 필 때면 잊지 않고 이 마을을 찾는 사람이 있습니다. 바로 은지의 아빠입니다. 은지의 아빠는 이 마을에서 나고 자랐습니다. 이 마을은 은지 아빠의 고향인 셈이지요.

사람이 자기가 나서 자란 고향을 찾는 것은 지극히 당연한 일입니다. 그러나 은지 아빠의 고향 찾기는 예사로운 고향 찾기가 아니었습니다. 뭐랄까요. 그 이유를 한마디로 말하기는 어렵지만 굳이 말한다면 '그리움' 때문이라고나 할까요.

은지 아빠는 은지를 데리고 뒷동산으로 올라갔습니다.

마을 뒤에 있는 야트막한 산에는 밤나무와 상수리나무, 굴참나무, 산벚나무 들이 어우러져 작은 숲을 이루고 있었습니다.

아빠는 많은 나무들 중에서도 산벚나무 앞으로 걸어갔습니다. 아빠가 찾아간 산벚나무는 여러 산벚나무 중에서도 크고, 꽃이 탐스럽게 피었습니다.

그야말로 꽃이 핀 모습이 구름을 이고 있는 듯 보였고, 은지가 대공원에 가서 사 먹은 구름 과자같이 보였습니다.

산벚나무 앞으로 다가간 아빠는 말없이 나무의 몸통을 어루만졌습니다. 그리고 간간이 머리를 들어 꽃을 쳐다보고 생각에 잠기셨습니다.

"아빠, 무슨 생각을 그렇게 하세요?"

은지가 궁금해서 아빠에게 물었습니다.

"………."

아빠는 은지의 물음에 대답하지 않았습니다. 다만 산벚꽃을 쳐다보며 가만히 한숨을 쉬었습니다. 은지는 더 물어보고 싶었으나 아빠의 표정이 하도 심각해 보여 더 이상 묻지 않았습니다.

한참을 그렇게 계시던 아빠가 이윽고 은지를 돌아보고 입을 열었습니다.

"은지야, 이 산벚꽃 참 예쁘지?"

그러면서 아빠는 은지를 향해 엷게 미소를 지어 보였습니다.

"예, 아빠. 꽃이 정말 많이 피었어요. 이 밑에 서 있으니까 아빠와 내가 꼭 구름 속에 들어와 있는 것 같아요."

은지가 바람에 날려 떨어지는 꽃잎을 손바닥으로 받으며 말했습니다.

"그래? 아빠도 네가 한 말과 비슷하게 어머니, 아니 할머니에게 그런 말을 했던 기억이 나는구나."

"그럼 아빠, 할머니하고도 여기 오셨어요?"

"그렇단다. 할머니와 여기 자주 왔었지. 할머니께서는 산벚꽃을 참 좋아하셨단다. 그래서 해마다 산벚꽃이 필 때면 할머니는 꼭 아빠를 데리고 이곳에 오셨지. 그때가 엊그제 같건만……."

아빠는 지난날의 추억에 잠기시는지 다시 지그시 눈을 감았습니다.

"아빠, 돌아가신 할머니 얘기 좀 해주세요."

"할머니 얘기?"

아빠가 감았던 눈을 뜨시며 은지를 바라보았습니다.

"예, 아빠."

은지가 아빠의 손을 잡으며 대답했습니다.

"그래, 그럼 우리 저기 좀 앉자."

베인 나무 그루터기를 가리키며 아빠가 말했습니다.

"할머니께서는 일찍 할아버지를 여의시고 이 아빠만 바라보고 사셨단다. 지금은 모두 생활 형편이 많이 나아졌다만, 아빠 어렸을 적만 해도 살기가 여간 어렵지 않았단다. 은지야, 너 보릿고개란 말 들어보았지?"

아빠가 말을 끊고 은지에게 질문을 했습니다.

"보릿고개요? 음, 자세히는 모르겠는데 아주 어려운 때를 가리키는 말 같은데요."

"그래, 맞았다. 보릿고개란 지난날 묵은 곡식은 떨어지고 보리는 아직 여물지 않아 농촌에서 가장 먹고살기 어려운 시기를 이른단다. 한 음력 4~5월경쯤이지. 그때는 사실 너나없이 살기 힘들던 때였어."

"그럼 그때 할머니와 아빠는 어떻게 사셨어요?"

은지가 눈을 깜박이며 물었습니다.

"그러니 할머니의 고생이 오죽하셨겠니? 시골에 살지만 땅 한 뙈기 없어 할머니는 날마다 남의 농사일을 하러 다니셨단다. 그렇게 해서 아빠를 먹이시고 공부를 시키셨지……."

말끝을 흐리시는 아빠의 목소리가 가늘게 떨렸습니다. 어느새 눈가도 조금 붉어졌습니다. 그런 아빠의 모습을 보자 은지 역시 슬픈 마음이 들었습니다.

"아빠……."

은지가 살그머니 아빠의 손을 잡으며 불렀습니다.

"그렇게 고생고생하시던 할머니께서 아빠가 중학교 2학년 되던 무렵, 그만 돌아가셨지. 아빠는 졸지에 고아가 되었고…….

그때도 마침 산벚꽃이 흐드러지게 피는 이때쯤이었구나. 할머니를 산에 모시고 돌아오면서 보이는 저 산벚꽃이 왜 그리 어린 마음에도 아름답고 슬프게 보이던지……."

은지는 오늘에서야 아빠가 왜 여기를 찾는지 알 것 같았습니다.

아빠는 할머니를 마음속에 묻어두고 잊지 못하시는 것입니다. 그래서 산벚꽃이 필 때면 할머니에 대한 그리움으로 이곳을 찾으시는 것입니다.

그리고 보면 사람들은 누구나 살아가면서 그리움을 하나씩 마음속에 묻어두고 사는 것 같습니다.

산벚꽃은 아빠의 마음을 아는지 모르는지, 바람이 불 때마다 우수수 꽃잎을 떨어뜨렸습니다.

숲에 잠든 엄마를 찾아서

달리는 버스 좌석에 앉은 수진이는 아까부터 줄곧 차창 밖을 내다보고 있었습니다.

차창 밖 풍경은 울긋불긋 물든 나뭇잎들과 누렇게 시든 풀들로 가을이 깊어감을 느끼게 해줍니다.

수진이는 그런 바깥 풍경을 초롱초롱한 눈으로 바라보며 가고 있습니다. 그런 수진이의 무릎 위에는 국화 한 다발이 놓여 있었습니다. 엄마의 무덤에 바칠 꽃이었습니다.

수진이 옆에는 아빠가 눈을 지그시 감은 채 앉아 있습니다. 수진이 엄마 무덤에 가시면서 여러 생각이 떠오르나 봅니다.

수진이는 아주 단정하고 예쁜 옷차림을 하고 있습니다. 목 부분은 길게 올라가고 양손 부분은 내려오는 폴라티에, 베이지색 반코트를 입었습니다. 바지는 바짓단에 레이스가 달린 청바지였습니다. 그리고 머리는 양 갈래로 따서 끝에는 연분홍 줄을 매고, 머리 양옆으로 나비 모양의 리본도 달았습니다.

한동안 눈을 감고 계시던 아빠가 수진이를 바라보시더니 입을 여셨습니다.

"수진아, 단풍이 참 곱게 물들었지?"

아빠의 물음에 바깥 풍경을 말없이 보고 가던 수진이가 고개를 돌리며,

"예, 단풍이 아주 예뻐요."

하고 대답했습니다.

"이제 조금만 가면 다 왔다. 슬슬 내릴 준비를 하자."

그러면서 아빠는 양복 윗도리를 챙기셨습니다.

이윽고 버스가 목적지에 도착했습니다. 두 사람은 서둘러 내렸습니다. 한적한 시골 정류장이라 두 사람 말고는 내린 사람이 없었습니다.

"자, 이제부터 한참 걸어야겠다. 자, 어서 가자."

아빠가 수진이에게 말했습니다.

버스에서 내린 수진이는 두리번거리며 사방을 휘둘러보았습니다. 몇 번 와보긴 한 길이지만 여전히 수진이에게는 낯선 길이었습니다.

두 사람은 말없이 산길을 올랐습니다.

조용한 산에 가끔 부는 바람 소리와 새소리 외에는 들리지

않는 적막한 산길을 두 사람이 앞서거니 뒤서거니 하며 걸었습니다.

한참을 걷다 보니 저만치에서 엄마의 무덤이 보였습니다. 무덤 주변에는 나무들이 울창했습니다. 그런 나무 위에서 산새의 울음소리가 두 사람을 맞이했습니다.

"수진아, 엄마 무덤 위에 낙엽이 많이 덮여 있구나."

아빠가 무덤 위에 수북이 떨어져 있는 낙엽을 바라보며 말했습니다.

"정말이에요. 아빠, 엄마 춥지 않겠다."

무덤 위의 낙엽을 보며 수진이가 대답했습니다. 그리고 곧이어 들고 온 국화 다발을 무덤 앞에 놓았습니다.

아빠가 그런 수진이의 모습을 조용히 바라보았습니다.

수진이는 무덤 주위에 떨어져 있는 낙엽들을 긁어모아 무덤 위에 올려 놓았습니다.

될 수 있으면 낙엽으로 두터이 무덤을 덮어주려는 수진이의 마음이었습니다. 아빠는 그 모습을 한동안 바라보시다가 이윽고 수진이에게 말했습니다.

"수진아, 이제 그만하고 엄마한테 절 올려야지."

"알았어요."

아빠의 말에 수진이는 무덤 앞에 섰습니다. 그러나 절은 안 하고 쭈뼛쭈뼛 망설거렸습니다.

“수진아, 뭐 하니? 절하지 않고.”

아빠가 수진이를 재촉했습니다.

“아빠, 아빠도 같이하면 안 돼요?”

수진이가 아빠를 돌아보며 말했습니다.

“아빠도 같이 절하자고? 아빠가 엄마에게 절하는 것은 좀 그런데…….”

아빠가 곤란한 표정을 지으며 말했습니다.

“그러네. 그럼 아빠, 저 혼자서 할게요.”

수진이가 아빠의 말에 수긍하며 혼자 절을 하려고 했습니다.

“아니다. 같이 하자.”

아빠가 수진이 옆에 서며 말했습니다.

두 사람은 나란히 서서 무덤에 절을 했습니다.

수진이는 절을 하면서 마음속으로 엄마에게 말했습니다.

‘엄마, 저 왔어요. 엄마, 혼자 외롭고 쓸쓸했지요? 저는 요즘 학교에서 돌아오면 피아노랑 컴퓨터 학원에 글쓰기 학원까지 다녀요. 그래서 아주 힘들고 피곤해요.’

수진이가 절을 하면서 엄마에게 속으로 말하는 동안, 아빠는 수진이 옆에서 묵묵히 엎드려 계셨습니다. 얼마 동안 그렇게 계시던 아빠가 일어나며 수진이에게 말했습니다.

“수진아, 이제 됐다. 자, 여기 앉아서 이야기나 하다 갈까?”

아빠가 무덤 앞에 앉으며 수진이에게 말했습니다.

"네……."

대답을 한 수진이가 아빠 옆에 앉았습니다.

"엄마는 혼자 계셔도 외롭지 않으실 거야."

"왜요, 아빠?"

"저기 봐라. 나무도 많고, 새들도 있고, 그리고 엄마가 좋아하는 꽃들도 많이 피어 있잖니?"

아빠가 무덤 주위에 피어 있는 구절초와 용담꽃을 가리키며 말했습니다.

"그래도 난 이런 데는 싫어요. 밤에 무섭잖아요."

"무섭긴……."

"그래도 밤이 되면 무서울 텐데……. 귀신도 나타나고 도깨비도 나타나고 말이에요."

"하하하, 녀석도. 그래도 엄마는 하나도 무서워하지 않으실걸."

"그건 왜요, 아빠?"

"응, 그건 말이다. 엄마처럼 착하고 마음이 고운 사람에게는 귀신이나 도깨비도 친구가 되기 때문이지."

"정말이에요?"

"그럼."

"아빠, 아빠는 엄마를 많이 사랑했어요?"

뜬금없이 수진이가 엉뚱한 질문을 했습니다.

“갑자기 그건 무슨 말이냐?”

아빠가 수진이를 내려다보며 물었습니다.

“그냥요…….”

수진이가 아빠의 눈길을 피하며 말끝을 흐렸습니다.

“그래, 아빤 엄마를 많이 사랑했지.”

대답을 하고 아빠는 눈을 들어 높은 하늘을 쳐다보았습니다.

아빠는 한동안 하늘을 쳐다보시다가 주머니에서 담배를 꺼냈습니다.

수진이가 아빠의 그런 모습을 보고 다시 물었습니다.

“아빠, 엄마 보고 싶어?”

“……….”

“아빠, 엄마 보고 싶냐구요?”

수진이가 다시 묻자, 아빠는 수진이를 돌아보며 말했습니다.

“그건 왜 자꾸 묻니? 그러고 보니 수진이 너 엄마가 보고 싶은가 보구나.”

“아니에요. 저…… 아빠.”

수진이가 머뭇거리며 아빠를 불렀습니다.

“왜 그러니? 수진아, 아빠한테 무슨 할 말이 있어?”

수진이의 어깨를 감싸며 아빠가 물었습니다. 그러자 수진이는 잠시 망설이더니,

“아빠, 우리 집에 새엄마 올 거예요?”

하고 조심스럽게 말을 꺼내며 아빠의 눈치를 살폈습니다.

"새엄마라니? 수진아, 그게 무슨 말이냐? 누가 그런 말을 했어?"

아빠가 당황해하며 수진이에게 물었습니다.

"아니, 그냥……."

아빠의 채근에 수진이가 말꼬리를 흐렸습니다.

아빠는 그런 수진이의 모습에 마음이 아팠습니다. 엄마를 잃은 후부터 수진이는 말수가 줄고 눈치를 살피는 버릇이 생겼습니다.

"수진아, 괜찮아. 아빠는 네가 무슨 말을 해도 들어줄게. 할머니가 무슨 말을 하신 모양인데, 아빠는 네가 원하지 않는 일은 아무것도 안 할 거야."

아빠는 그러면서 수진이를 꼭 끌어안았습니다.

"아빠, 내가 새엄마 얘기한 거 할머니한테 얘기하지 마."

"그래, 알았어. 그런데 수진아, 엄마가 옆에 계시는데 그런 말 해서 엄마가 서운하시겠다. 어서 엄마한테 잘못했다고 하거라."

아빠가 웃으며 수진이에게 말했습니다.

"정말 그러네."

금방 기분이 풀어진 수진이가 쾌활하게 대답했습니다. 그러고는 엄마 무덤 앞에 섰습니다.

"엄마, 내가 괜히 새엄마 얘길 꺼내서 미안해요. 엄마, 잘못했어요."

수진이의 그런 모습에 아빠가 소리를 내어 웃었습니다.

"하하하! 수진아, 됐다. 잘못을 빌었으니 엄마가 용서해주실 거다. 자, 시간이 벌써 많이 지났으니 엄마한테 작별 인사 하고 돌아가자."

"아빠, 아빠도 나랑 같이 인사해요."

수진이가 아빠의 손을 끌어당겼습니다. 두 사람은 나란히 무덤 앞에 섰습니다.

"엄마, 안녕! 다음에 또 올게요."

수진이가 작별 인사를 했습니다.

"수진 엄마, 잘 있어요. 다음에 또 오리다."

아빠도 작별 인사를 했습니다.

두 사람은 산을 내려가기 시작했습니다.

수진이는 앞서 내려가면서 여기저기 피어 있는 꽃을 꺾었습니다. 억새도 뽑았습니다.

"아빠, 아빠, 이 꽃 이름이 뭐예요? 향기가 무척 좋아요."

한 무더기의 구절초 더미에 다가가 냄새를 맡으며 수진이가 물었습니다.

"아, 그건 구절초라는 꽃이다. 보통 들국화라고도 하는데 여긴 들이 아니고 산이니까 산국화라고 해야겠구나. 향기가 아주

좋지?”

“들국화, 산국화? 그럼 아까 엄마 무덤에 놓은 국화는 무슨 국화예요?”

“그건 온실에서 기른 거니까 온국화? 아니 집국화라고 해야 되겠지.”

“하하…… 우습다.”

“우습니? 그만큼 국화 종류가 많은 거야.”

두 사람은 시간 가는 줄 모르고 이꽃 저꽃을 찾아다니며 향기를 맡고 꽃을 꺾었습니다. 나중에는 꺾은 꽃이 한아름 되었습니다.

“수진아, 수진아, 이제 그만 가자.”

아빠가 시계를 보시더니 수진이에게 말했습니다.

수진이는 메뚜기처럼 팔짝거리며 이리 뛰고 저리 뛰며 꽃을 찾아다녔습니다.

“아빠, 보세요. 나 꽃 많이 꺾었지?”

코끝에 송글송글 땀이 맺힌 수진이가 꺾은 꽃을 들어 보였습니다.

“그래, 아주 많구나. 이제 그만 가자.”

아빠가 수진이에게 말했습니다. 그러자 수진이가 아빠 곁으로 다가왔습니다.

잠시 후, 두 사람은 버스 타는 곳까지 나왔습니다.

　사람들의 발길이 뜸한 시골 정류장에는 버스가 자주 오지 않았습니다. 수진이는 버스 오기를 기다리는 동안 내내 엄마가 잠들어 있는 숲 쪽을 바라보았습니다.

. . .
아빠와 바다

바다는 맑고 푸르렀습니다.

바닷가에서 멀리 떨어진 바다 위에는 커다란 화물선이 움직임도 없이 곰처럼 졸고 있고, 바닷가와 가까운 곳에는 조그만 거룻배 한 척이 떠 있습니다.

거룻배에서 고기를 잡는지 낚싯대를 내렸다 올렸다 하는 사람이 보입니다. 그 모습이 무척 한가롭게 보였습니다. 그림 속의 풍경 같기도 했고요.

바람이 없는데도 작은 파도가 쉴 새 없이 밀려와 모래밭에 부딪칩니다. 그리고 파도가 밀려왔다 나가면 모래는 체질을 한 듯이 쪽 고릅니다.

나래와 아빠는 어제 이 바다로 왔습니다. 단둘이 오붓한 시간을 보내기 위해 이곳 바다를 찾아온 것입니다.

그동안 나래는 아빠와 쭉 떨어져 살아왔습니다.

엄마와 아빠가 헤어진 이후로, 나래는 아빠와 외할머니 세 식구와 함께 살았습니다. 그러다가 아빠가 먼 곳으로 전근을 가셔서 요즘은 나래와 외할머니 둘이서만 살았습니다.

아빠는 주로 주말에 오셨다 일요일 오후에 다시 근무지로 가셨습니다. 그러니까 나래와 아빠는 주말 부녀인 셈이지요.

그런데 아빠가 휴가를 맞이해 집으로 오셔서 나래에게 바다에 가자고 한 것입니다. 마침 나래도 방학 중이었습니다.

"나래야, 여름이니까 우리 바다로 휴가 갈까?"

아빠가 여름휴가를 어디로 갈 것인지 생각하다가 바다를 휴가지로 꺼냈습니다.

"바다요? 좋아요, 아빠!"

나래가 바다라는 말에 곧장 찬성했습니다.

"그래, 그럼 바다로 가자. 그런데 어느 바다로 갈까?"

"아빠, 동해 바다로 가요. 그쪽이 경치도 좋고 물도 깨끗하잖아요."

나래가 아빠에게 말했습니다.

이렇게 해서 나래와 아빠는 이곳으로 오게 된 것입니다.

나래와 아빠는 바닷가를 따라 모래밭을 걸었습니다.

신과 양말을 벗어들고 일부러 바닷물에 발을 담그며 걸었습니다. 걸을 때마다 잔물결이 찰랑찰랑 발을 간지럽혀 재미있었습니다.

“나래야, 바다에 오니까 좋지?”

아빠가 앞서 가는 나래에게 물었습니다.

“네, 좋아요.”

“아빠도 우리 나래랑 바다에 오니까 아주 좋구나.”

아빠가 걸음을 멈추고 멀리 수평선을 바라보며 말했습니다.

하늘은 구름 한 점 없이 맑고 푸르렀습니다. 수평선을 바라
보는 아빠의 얼굴도 희고 깨끗해 보였습니다.

나래는 모래 위에 쪼그리고 앉아 모래집을 지었습니다. 근처
에 드문드문 널려 있는 조개껍데기들도 주워 모았습니다.

한참 수평선을 바라보던 아빠가 그런 나래를 보고 웃음을 지
으며 나래 곁에 쪼그려 앉았습니다.

“나래야, 우리 여기서 모래집 지으며 놀까?”

“좋아요. 아빠는 여기에서 하세요.”

나래가 자기 옆자리를 가리키며 말했습니다.

아빠와 나래는 모래밭에 자리를 잡고 앉아 시간 가는 줄 모르
고 모래집을 지었습니다. 나래의 얼굴과 옷은 모래 범벅이 되었
습니다. 아빠 역시 얼굴과 옷 여기저기에 모래가 묻었습니다.

“이건 다 됐고, 자, 여기에다 우리 나래하고 살 집을 만들어
야지.”

아빠가 나래를 돌아보며 말했습니다.

“그럼 난 엄마 아빠 나, 우리 세 식구 살 집을 지을 거야.”

나래가 아빠를 따라 말했습니다.

"그래, 누가 잘 만드나 내기하자."

아빠가 나래에게 말하고 열심히 모래를 파냈습니다. 나래 역시 아빠에게 질세라 열심히 모래를 파고 구멍을 냈습니다.

두 사람은 이 모양 저 모양 여러 형태로 모래집을 지어나갔습니다.

그렇게 얼마나 시간이 흘렀을까요.

"이만하면 우리 나래하고 살 집이 다 된 것 같은데."

아빠가 흘러내린 땀을 닦으며 나래를 바라보고 말했습니다.

"어디 봐, 아빠. 야, 정말 멋있네!"

힘이 들어 발그레한 얼굴을 해가지고 나래가 감탄의 말을 했습니다.

"잘 만든 것 같니? 나래는 어떻게 만들었나 볼까?"

"난 아빠가 만든 것만큼 멋있지 않아."

나래가 입을 삐죽이며 자신 없는 목소리로 말했습니다.

"어디 보자. 와, 아주 멋지구나!"

나래가 만든 것을 보고 아빠가 감탄했습니다.

나래가 만든 모래집은 아주 앙증맞았습니다. 올망졸망 모래를 쌓고 그 밑으로 구멍을 내어, 조개껍데기를 빙 둘러 꽂아 한껏 멋을 냈던 것입니다.

"이건 엄마 집이고, 저건 아빠 집 그리고 이건 내 집이야."

나래는 하나하나 손으로 짚어가며 누구 집이란 걸 밝혔습니다.

"우리 나래가 아빠 집도 따로 만들었네……."

아빠는 나래가 짚어주는 모래집을 바라보며 잠시 생각에 잠기셨습니다. 그런 얼마 후 아빠는 나래의 등을 다독이며,

"나래야, 이제 그만 일어날까?"

하고 말했습니다.

"잠깐만요, 아빠. 가기 전에 여기에다 이름을 써 놓고 가요. 그래야 누구 집인지 알 수 있잖아요."

"그래, 그럼 빨리 쓰려무나."

나래는 손가락으로 큼지막하게 엄마 아빠 자기 이름을 모래집 앞에 썼습니다.

"다 썼다."

나래가 손을 털고 일어나며 말했습니다.

두 사람은 손을 잡고 바닷가를 거닐었습니다.

모래집을 두고 가는 것이 못내 아쉬운지 나래는 가면서도 자꾸 뒤를 돌아보았습니다.

"나래야, 엄마는 바다를 아주 좋아하셨단다."

아빠가 불쑥 엄마 이야기를 꺼냈습니다. 여간해서 꺼내지 않던 엄마 얘기를 말입니다.

"그럼 엄마도 이 바다에 왔었어요?"

“그래, 엄마하고 함께 왔었지. 그때도 꼭 이맘때구나.”

“그런데 나는 왜 안 데리고 왔어요?”

“그땐 너는 태어나지도 않았는걸.”

“그렇구나. 아빠, 엄마랑 우리 세 식구 같이 왔으면 좋았을 텐데…….”

“그래…….”

아빠가 말끝을 흐리셨습니다.

아마 엄마 생각이 나서 그런지도 모릅니다. 그런 아빠를 보자 나래도 기분이 조금 이상해졌습니다.

나래와 아빠는 말없이 바닷가를 걸었습니다.

그때였습니다. 어디서 날아왔는지 갈매기 한 마리가 두 사람의 머리 위를 날아 저만치 모래밭에 가서 앉았습니다.

“아빠, 저기 앉았어요!”

나래가 갈매기를 가리키며 큰소리로 말했습니다.

“그래, 갈매기로구나.”

“아빠, 저기 갈매기 있는데 가봐요.”

“그래, 날아갈지 모르니까 천천히 가보자.”

“아빠, 나 먼저 갈게.”

나래가 서둘러 달려가며 말했습니다.

“천천히 가거라. 넘어질라.”

나래의 뒤를 따라가며 아빠가 주의를 주었습니다.

그런데 나래가 얼마쯤 다가가자, 갈매기는 훌쩍 날개를 퍼덕이며 바다 가운데로 날아갔습니다.

"에이, 날아갔다!"

날아가는 갈매기를 보고 아쉬운 듯 나래가 말했습니다.

"저런, 갈매기가 날아갔구나."

아쉬워하는 나래를 보고 아빠가 말했습니다.

두 사람은 아쉬움을 뒤로한 채 다시 바닷가를 거닐었습니다.

걸으면서 예쁜 돌이나 조개껍데기가 눈에 띄면 주웠습니다. 그러면서 이런저런 이야기를 도란도란 나누었습니다.

바다 역시 두 사람의 이야기에 끼려고 철썩철썩 파도 소리를 냈습니다. 갈매기도 바다 위를 날며 끼룩끼룩 울었습니다.

돌아오는 버스 안은 두 사람이 풍기는 바다 냄새로 꽉 찼습니다. 거기에는 파도의 내음, 해초와 조개, 심지어 갈매기 냄새까지 섞여 있었습니다.

나래는 바다에서 주워온 조개껍데기를 만지작거리며 귀에다 대보기도 하고, 불어도 보고, 냄새도 맡아보았습니다. 그러다가 나중에는 아빠에게 기대어 저도 모르게 스르르 잠이 들었습니다.

아빠는 그런 나래의 등을 토닥거려주며 나래와 바다에서 보낸 시간을 떠올리려는 듯 눈을 감았습니다.

• • •
칡꽃 마을에 울리는 종소리

새벽이면 어김없이 들려오는 종소리가 있었다.

종소리는 칡꽃 마을 끝자락 언덕 위에 있는 교회에서 들려오는 것이었다.

요즘은 웬만한 시골 교회라고 해도 사람이 줄을 당겨 치는 쇠종이 아니라, 차임벨이 종을 대신했다. 그나마도 도시에서는 소음이라 하여 차임벨을 울리지도 않았다.

시골도 마찬가지였다. 요즘은 쇠종이든 차임벨이든 아예 울리지 않았다. 그러나 칡꽃 마을의 갈화 교회에서는 요즘도 여전히 쇠종을 쳤다.

마을과 교회 이름이 '칡꽃'인 것에서도 알 수 있듯이, 마을 주위로는 산이 빙 둘러 있었다. 그리고 산에는 유난히 칡이 많이 있었다. 그래서 여름이면 홍자색 칡꽃이 만발하였다. 그런 까닭에 마을 이름도 칡 갈 자, 꽃 화 자를 써서 갈화리, 갈화 교회라고 했

다. 대다수의 사람들은 칡꽃 마을, 칡꽃 교회보다는 갈화 마을, 갈화 교회라고 불렀다.

칡꽃 마을에 교회가 섰지마는 신도 수가 적어 교회 운영이 안 되었다. 그래서 몇 년을 고생하던 젊은 전도사는 눈물을 머금고 교회를 떠나 도시로 나갔다. 그러자 텅 빈 교회에는 이내 먼지가 앉고 거미줄이 얽혀 유령의 집이 되어 갔다.

그러던 어느 날이었다. 낯선 할아버지 한 분이 이 마을에 찾아 들어왔다.

마을에 들어와 살 곳을 알아보던 할아버지는 빈 교회를 발견하고, 이장에게 부탁하여 교회에 거처를 정하였다. 버려져 있던 교회는 할아버지가 살게 된 뒤부터 새롭게 변하기 시작했다.

먼저, 거미줄과 먼지로 지저분하던 교회가 말끔히 치워졌다. 그리고 잡초가 무성하던 교회의 넓은 마당도 깨끗이 정리되었다. 교회 마당에 버려져 있던 그네, 시소, 미끄럼틀도 고쳐지고 페인트가 칠해져 말짱하게 제 모습을 갖추었다. 그러자 자연스럽게 마을 꼬맹이들이 몰려와 놀았다.

또한 오랫동안 울리지 않던 녹슨 종도 울리기 시작했다. 울리지 않던 종이 울리자 마을 사람들은 모두 이상하게 생각했다. 그러나 어딘지 모르게 종소리를 들으면 마음이 편안해졌다. 그래서 마을 사람들은 모이면 교회를 화제로 이런저런 말들을 했다.

"교회에 새로 목사가 온 것도 아닌데 누가 종을 치는 거야?"

“얼마 전에 웬 노인 한 분이 교회에 와서 산다고 하던데, 그 노인이 종을 치는 거겠지.”

교회에 할아버지가 산다는 것을 아는 아저씨 한 분이 말했다.

“거 노인이 망령이 들었나? 쓸데없이 종은 왜 치누.”

종 치는 것을 못마땅하게 여기는 사람이 말했다.

“아니, 그렇지도 않습디다. 왠지 종소리를 들으면 마음이 편안해 지던걸요.”

“맞아요. 나도 그래요. 교회에 다니지 않지만 종소리만 들으면 마음이 편안해 지던데요.”

이렇게 마을 사람들은 교회 종소리에 대해 제각기 느낀 바를 얘기했다.

아무튼 마을 사람들의 이런저런 말들과 궁금증에도 불구하고, 여전히 새벽이면 어김없이 종이 울렸다. 그것도 정확한 시간에 말이다. 그에 비례하여 마을 사람들의 궁금증은 점점 더해 갔다.

그것은 아이들도 마찬가지였다. 아이들은 한참 호기심이 강한 소년들이었다. 그래서 아이들은 궁금증을 풀기 위해 날을 잡아 교회를 찾아가기로 했다. 그래서 놀토인 둘째 주 토요일에 교회를 찾아갔다.

아이들이 찾아간 날, 할아버지는 산에서 싸릿대를 베어와 빗자루를 만들고 계셨다.

“할아버지, 안녕하세요?”

아이들이 할아버지에게 인사를 했다.

생각지도 않던 아이들의 방문에 할아버지는 적잖이 당황하는 것 같았다.

“아니, 너희들이 어쩐 일들이냐?”

“다름이 아니고요…….”

소년 하나가 어렵게 말문을 열었다.

“그래, 나한테 볼일이 있느냐? 말해보거라.”

할아버지가 웃음을 지으며 소년에게 말했다.

“저, 할아버지, 할아버지는 왜 날마다 종을 치세요?”

“할아버지는 왜 혼자 사세요? 가족들이 없나요?”

“집에서 안 사시고 왜 교회에서 지내세요?”

“밥은 누가 해주나요?”

소년 하나가 질문을 하자 연이어 이 아이 저 아이가 평소 궁금했던 점들을 제각기 물었다.

아이들의 쏟아지는 질문에,

“너희들, 그동안 나에 대해 궁금했던 것들이 무척 많았나 보구나, 허허허!”

하시며 할아버지께서 소리 내어 웃으셨다.

“할아버지, 말씀해 주세요, 네?”

아이들이 할아버지를 에워싸고 대답을 재촉했다.

잠시 후 웃기만 하던 할아버지가 아이들을 둘러보며 말했다.

"그래, 너희들이 정 내 대답을 듣고 싶다면 말해주마. 그런데 너희들이 내 말을 이해할지 모르겠구나."

할아버지가 말을 끝내며 잠시 먼 하늘을 올려다보았다. 아이들 역시 할아버지를 따라 하늘을 쳐다보았다.

"너희들 6·25 전쟁에 대해서는 들어서 알고 있지?"

눈길을 다시금 아이들에게 돌리며 할아버지가 물었다.

"그럼요."

소년 하나가 그런 걸 누가 모르느냐는 듯 대답했다.

"에이, 6·25 전쟁을 모르는 사람이 누가 있어요?"

이번에는 또 한 소년이 뭐 그런 시시한 질문을 하냐며 할아버지에게 따지듯 말했다.

"그래, 학교에서 배우고 어른들한테 들어서 잘 알고 있겠지. 하지만 전쟁이란 상상 이상으로 잔혹하고 비참하단다."

할아버지는 말을 하다 멈추고 다시 먼 하늘을 올려다보셨다. 그런데 그 모습이 너무 처연하여 아이들은 말을 꺼내지 못하고 할아버지의 눈치만 살피고 있었다.

한참을 그렇게 하늘만 쳐다보고 계시던 할아버지가 이윽고 눈길을 돌려 아이들에게로 향하였다. 그리고 말문을 여셨다.

"6·25가 일어나기 전만 해도 난 북한에 살았단다. 전쟁이 일어나기 며칠 전, 나는 남한에 내려와서 일을 보게 되었지. 그런데 내가 일을 보는 도중에 그만 전쟁이 터졌지 뭐냐. 전쟁이 일어났으니 집에 가려고 해도 갈 수가 있어야지. 그 바람에 나는 가족에게 돌아가지 못하고 이별 아닌 이별을 영영 하고 만 거야. 참으로 어처구니없는 일이 일어난 것이지. 그때부터 지금까지 가족들을 생각하며 혼자 살아왔으니 내 팔자도 참 기구하구나. 그러나 언젠가는 다시 가족들을 만날 수 있겠지 하는 희망을 가지고 오늘까지 살아왔다. 그렇게 살아온 지가 어언 60여 년이 되었구나.”

할아버지가 말을 마치고 다시 먼 하늘로 눈길을 주며 가볍게 한숨을 쉬었다.

“할아버지, 정말 가족들이 보고 싶겠어요.”

소년 하나가 할아버지가 말을 멈춘 틈을 타 한마디 했다.

“그야 말해 무엇하겠느냐. 이제 보고 싶다는 말도 못하겠구나.”

“할아버지, 북한에는 누가 살고 있어요?”

다른 소년이 질문을 했다.

“마누라하고 딸과 아들이 있단다.”

“이제 그분들도 다 나이가 많이 드셨겠어요.”

“그렇지. 흐른 세월이 얼만데…….”

할아버지가 말끝을 맺지 못하고 또다시 한숨을 쉬셨다.

“그럼 할아버지, 날마다 종을 치시는 것도 이북에 두고 온 가족들과 연관이 있나요?"

소년 하나가 망루 위의 종을 쳐다보며 물었다.

"아, 종 말이냐?"

"예, 할아버지. 저희들도 그렇지만 마을 사람 모두가 왜 할아버지께서 날마다 종을 치시는지 궁금해해요. 사실 그것 때문에 우리들도 할아버지를 찾아왔고요."

소년은 할아버지를 찾아온 용건을 말했다.

"그래서 너희들이 나를 찾아왔구나. 나도 종을 치면서 마을 사람들이 궁금해할 줄 알았다. 심지어는 나를 두고 미친 노인네 아니냐는 말을 하는 것도……. 내가 종을 치는 이유는 말이다, 북에 두고 온 가족들이 무사히 잘 있기를 바라는 마음에서란다. 그리고 어서 하루속히 통일이 되기를 바라는 염원에서이기도 하고……. 이제 궁금증이 풀렸느냐?"

할아버지께서 아이들을 둘러보고 물었다.

"아, 그런 깊은 뜻이 있었군요."

아이들은 할아버지의 말에 모두 고개를 끄덕였다.

"종을 치지 말고 교회니까 기도를 하는 방법도 있는데요."

읍내 교회에 다니는 소년이 말했다.

"아, 그 생각도 좋은 생각인데."

소년의 말에 다른 아이가 거들고 나섰다.

"그래, 그것도 좋다마는 할아버지는 종을 치는 것이 더 좋은걸.”

소년은 집으로 돌아가자마자 할아버지에게서 들은 얘기를 부모님에게 말했다. 다른 아이들도 마찬가지였을 것이다.

왜 할아버지가 날마다 종을 치는지 그 사연을 알게 된 사람들은 비로소 고개를 끄덕였다. 할아버지의 가슴 아픈 사연과 소망을 알았기 때문이었다.

어느덧 칡꽃 마을에 겨울이 찾아왔다.

크리스마스를 며칠 앞둔 어느 날이었다. 추운 줄도 모르고 교회 마당에서 놀고 있는 아이들 앞에 할아버지가 나타났다. 할아버지는 아이들에게 인자한 웃음을 지으며 물었다.

“애들아, 너희들 크리스마스에 산타 할아버지한테 선물 받은 적 있느냐?”

할아버지의 물음에 아이들은 놀던 짓을 멈추고,

“아니요! 받은 적 없어요!”

하고 한목소리로 대답했다.

“그래? 너희들 선물을 못 받은 걸 보니 착한 아이들이 아닌가 보구나.”

할아버지가 우스갯소리를 하며 아이들을 둘러보고 말했다.

“아니에요! 저는 아빠 엄마 말 잘 들어요.”

“저도요!”

“저는 나쁜 짓 한 번도 안 했어요.”

아이들이 한목소리로 자기는 나쁜 아이가 아니라고 대답했다.

“그래, 그래, 너희 모두 착한 아이들이라는 걸 알고 있다. 그러니까 이번 크리스마스에는 산타 할아버지가 너희들에게 선물을 주실 거다.”

“정말이에요, 할아버지?”

“그럼, 정말이고말고.”

할아버지께서 의미 있는 웃음을 지으며 말했다.

드디어 크리스마스가 며칠 뒤로 다가왔다. 할아버지는 일찌감치 읍내에 나갔다. 읍내에 나간 할아버지는 이것저것 아이들에게 줄 선물을 샀다.

나중에 들은 얘기지만 할아버지는 젊으셨을 때 꽤나 많은 재산을 일구셨다고 한다. 그런 할아버지시지만 북한에 두고 온 처자식을 생각하여 재혼도 하지 않고 독신으로 지금까지 살아오셨다고 했다. 오로지 북한에 두고 온 처자식을 다시 만날 날을 기대하며 말이다.

그런 할아버지의 기다림과 바람과는 달리, 통일이 되어 북한에 두고 온 처자식을 만날 날은 요원했다. 할아버지는 나이가 들었다. 언제까지 기다릴 수는 없었다.

할아버지는 그동안의 도시 생활을 정리하고 여생을 시골에서 조용히 살기 위해 살 곳을 찾다가 갈화 마을로 오게 되었다. 그동안 모은 재산은 사회복지기관에 기부하고 말이다.

겨울 해는 짧았다. 해가 지자 금방 어두워졌다.

할아버지는 아이들이 잠드는 시간을 기다렸다가 선물 보따리를 지고 마을로 내려갔다. 그러고는 아이들이 있는 집집마다 다니며 대문 앞에다 선물을 놓아두었다. 선물을 놓는 할아버지의 마음은 흐뭇했다. 아침에 깨어난 아이들이 선물을 보고 기뻐할 것을 생각하니 저절로 웃음이 나왔다.

일을 끝낸 할아버지는 교회로 돌아왔다. 교회에 돌아왔지만 할아버지는 잠을 이룰 수가 없었다. 한 해가 가는 마지막 날이라 생각하니 북에 두고 온 가족들 생각이 더욱 났기 때문이다. 할아버지는 거의 뜬눈으로 밤을 지샜다. 시간을 보니 다섯 시가 다 되어 갔다.

할아버지는 종을 쳐야겠다고 생각하고 밖으로 나왔다. 하늘에는 아직 별들이 총총히 떠 있었다. 오늘따라 새벽하늘의 별들이 유난히 또렷하게 보였다.

할아버지는 잠시 새벽하늘을 쳐다보다가 크게 심호흡을 한 번 하고는 종 줄을 힘차게 잡아당겼다.

"땡그렁 땡! 땡그렁 땡! 땡그렁 땡……."

종소리가 찬바람을 가르며 마을 멀리멀리 울려 퍼지기 시작
했다.

• • •
겨울 허수아비

가을걷이가 끝난 들판에 허수아비 하나가 서 있었습니다.

추수를 하기 전, 논에 세워두었던 허수아비는 치워지기 마련입니다.

하지만 유독 이 허수아비만 치워지지 않고 논 가운데 그대로 서 있었습니다. 누가 장난으로 세워 놓은 것인지도 몰랐습니다.

계절이 바뀐 들판은 황량하고 쓸쓸하기 그지없었습니다.

허수아비는 넓은 들판에 혼자 덩그러니 서 있는 것이 너무 외로웠습니다. 그의 곁에는 친구가 되어줄 만한 것이 아무도 없었습니다.

지난가을만 해도 허수아비의 주위에는 친구들이 많았습니다. 누렇게 여문 벼들이 주위에 모여 있었고, 벼 포기 사이를 팔짝팔짝 뛰어다니던 메뚜기도 있었습니다. 그리고 귀찮은 친구이긴 하지만 참새 떼도 늘 그의 주위를 날아다녔습니다. 고추잠

자리 역시 그의 앞에서 알짱거리며 날아다녔습니다.

그뿐만이 아니었습니다. 아침저녁으로 해맑은 얼굴을 하고 늘 허수아비에게 수줍은 웃음을 보여주던 쑥부쟁이도 있었고, 억새와 갈대도 있었습니다. 그런데 이런 친구들이 철이 바뀌자, 다 어디론가 사라지고 말았습니다. 허수아비는 그런 친구들이 보고 싶었습니다.

그러던 어느 날 밤이었습니다.

갑자기 밤하늘이 소란해지더니 수백 수천 마리의 새들이 허수아비가 서 있는 논으로 내려와 앉았습니다.

'이상하다. 무슨 새들이 이 밤중에 날아왔을까?'

허수아비는 이상한 생각이 들었습니다. 그러면서 호기심도 일어나면서 한편으론 반가운 마음도 들었습니다. 한밤중에 날아온 새들은 기러기 무리였습니다.

허수아비는 논바닥에 앉아 고단한 날개를 쉬고 있는 기러기들에게 먼저 인사를 건넸습니다.

"안녕하세요?"

기러기들은 어두운 곳에서 말소리가 들려오자 깜짝 놀랐습니다. 귀가 밝고 경계심이 많은 기러기들이었습니다.

"이거 어디에서 들려오는 소리야? 여긴 우리 말고는 아무도 없는데."

기러기들은 잔뜩 경계하며 주위를 두리번거렸습니다.

"저 때문에 놀라셨군요? 놀라지 마세요. 저는 여러분들을 해치지 않아요. 여러분들이 내가 있는 곳으로 날아와 주어서 반가워서 인사를 한 거예요."

허수아비는 반가워서 한 인사가 괜히 기러기들을 놀라게 한 것 같아 미안한 마음이 들었습니다. 그래서 더욱 부드럽고 상냥한 목소리로 말했습니다.

기러기들은 허수아비의 말을 듣고 그제서야 안심을 했습니다. 그렇지만 그때부터 기러기들의 행동은 달라지기 시작했습니다.

기러기들은 논 가운데 서 있는 허수아비를 힐끔힐끔 쳐다보며 쑤군댔습니다.

"칫, 난 또 우리를 잡으려는 사냥꾼인 줄 알고 깜짝 놀랐네."

"그러게 말이야. 난 간이 콩알만 해졌다구."

"기러기 놀라게 하는 방법도 가지가지라니까."

"근데 말야. 쟤는 움직일 줄 모르는가 봐. 아까부터 계속 꼼짝도 않고 서 있잖아."

기러기들은 허수아비를 두고 자기들끼리 쑤군쑤군 이러쿵저러쿵 말이 많았습니다. 그러나 허수아비는 아무렇지도 않다는 듯이 더욱 조심스럽게 말했습니다.

"저 때문에 놀라셨다면 사과드립니다. 기러기님들을 놀라게 해드릴 마음은 전혀 없었는데……."

허수아비는 아무 잘못도 없는데도 기러기들에게 무슨 큰 잘못을 한 것처럼 정중하게 사과를 했습니다. 허수아비가 그러는 까닭은 모처럼 자기 곁을 찾아온 기러기들이 날아가 버리면 어쩌나 하는 염려 때문이었습니다.

"그런데 넌 왜 캄캄한 밤에 혼자 여기 서 있니?"

무리 중에 한 마리가 날개를 한 차례 힘차게 퍼덕이더니 허수아비에게 물었습니다.

"그건요. 지난가을에 우리 논 주인의 딸 옥이가 저를 이곳에 다시 세워 놓았기 때문에 지금까지 이곳에 있답니다."

"너를 왜 이곳에 세워 놓았는데?"

"……글쎄요."

"아니, 아무 까닭도 없이 너를 이곳에 세워 놓고 거들떠보지도 않았단 말이야?"

"……예."

기러기의 추궁하는 듯한 물음에 허수아비는 힘없이 대답했습니다.

"그럼 넌 예전에 논에서 무슨 일을 했는데?"

"저는 참새 떼들로부터 벼를 보호하는 일을 했어요."

"그래? 그런데 넌 가만히 보니 움직이지 못하는 모양이다. 그런 몸으로 어떻게 참새 떼를 쫓을 수 있어?"

"저를 보고 참새들이 사람인 줄 알고 논에 못 내려앉게 하는 것이죠."

"그래? 그럼 우리들이 논에 앉는 것도 안 되겠네?"

기러기 한 마리가 허수아비에게 빈정대듯이 말했습니다.

“아니에요. 기러기님들은 추수를 다 끝낸 논에 앉아 떨어져 있는 벼 이삭들을 주워 먹으니까 괜찮아요.”

“그건 그런데, 우리 친구들 중에는 일찍 날아와 아직 추수를 하지 않은 논의 벼 이삭을 잘라 먹는 애들도 있거든.”

“그건 좀 곤란해요. 농부들이 일 년 내내 땀 흘려 가꾼 벼를 먹는다는 것은 좀……”

허수아비가 말하기가 곤란하다는 표정을 지으며 말끝을 흐렸습니다.

“우리도 그건 알아. 하지만 먼 곳에서 날아온 우린 얼마나 배가 고프겠니? 그래서 벼 이삭을 잘라 먹는 거야.”

기러기가 그 정도는 괜찮지 않느냐는 듯 말했습니다.

“한두 마리 정도의 기러기님들이 먹는 거야 얼마나 되겠어요. 그러나 기러기님들은 수백 수천 마리씩 떼를 지어 날아다니잖아요. 그 많은 기러기님들이 벼를 먹는다면 농부들로서는 큰 피해지요.”

허수아비가 자기의 본분을 잊어버리지 않고 당당하게 말했습니다.

“그럼 넌 우리 친구들이 떼를 지어 날아와 벼를 먹으면 우리를 쫓아내겠다는 거야 뭐야?”

기러기 한 마리가 인상을 쓰며 시비조로 말했습니다.

“………”

허수아비는 기러기의 말에 대꾸하지 않았습니다. 기러기의 말이 너무 억지스럽기 때문이었습니다.

"니가 참새를 쫓는 것은 속임수에 불과한데, 너의 그런 속임수에 지금도 속아 넘어가는 참새들이 있니?"

"그러게 말이야. 우리한테는 어림도 없는 행동이지."

기러기들은 허수아비가 말도 되지 않는 말을 한다고 입방아를 찧었습니다.

그런 중에 점잖게 생긴 기러기 한 마리가 날개를 퍼덕이며 동료 기러기들에게 말했습니다.

"애들아, 우리가 이 늦은 밤에 허수아비한테 시비를 걸고 싸움을 하러 왔니? 그러지 마. 우리들은 물론 어떤 새든 벼 이삭을 쪼아 먹는 새는 쫓아야 하는 것이 이 허수아비의 역할이야."

"그건 그래. 더군다나 이 겨울에 혼자 외롭게 서 있는 것도 가없은데 우리 너무 그러지 말자."

기러기들이 점잖은 기러기의 말에 마음을 돌렸습니다.

"허수아비야, 그러나저러나 넌 정말 답답하겠다. 다리가 있어 걷기를 하나, 뛰기를 하나. 그렇다고 우리처럼 날지도 못하고 말이야."

"………."

"네 이름이 허수아비랬지? 너 정말 안됐다."

"그러게 말이야. 한 군데에 박혀서 어떻게 산담. 나 같으면 하루도 못 살겠다.”

“야, 난 하루가 아니라 한 시간도 못 있겠다.”

“나도 그래.”

기러기들은 허수아비를 두고 서로 저마다 한마디씩 했습니다. 그러나 그 말이 허수아비를 위로하는 말인지, 자기들은 허수아비와 같은 처지가 아니라는 것이 다행이라는 말인지 몰랐습니다.

허수아비는 기러기들의 말을 묵묵히 듣고 있었습니다. 그러나 기러기들의 말에 좀 슬픈 생각이 들었습니다. 허수아비는 비록 자신이 걷거나 기러기처럼 날지는 못하지만, 자신의 처지에 대해 실망한 적은 한 번도 없었습니다. 다만 허수아비는 자기 곁에 친구가 없다는 것이 안타까웠던 것뿐입니다.

“기러기님, 기러기님들은 어디에서 날아오셨나요?”

허수아비는 분위기를 바꾸려 슬쩍 말을 돌렸습니다.

“어디에서 날아왔냐구? 넌 아마 모를 거야. 저 머언 시베리아에서 왔으니까.”

“거긴 굉장히 머나요?”

“그럼. 얼마나 멀다구. 산 넘고 들을 지나고 강을 건너 왔으니까.”

“와, 정말 멀군요? 그런데 시베리아라는 곳은 어떤 곳이에요?”

"시베리아가 어떤 곳이냐구? 네가 상상할 수 없이 땅도 넓고 눈도 많이 내리는 추운 곳이지."

"기러기님들은 추운 곳이 좋은 모양이죠?"

"그래. 우리들은 겨울 철새거든."

"아유, 나는 추운 것은 딱 질색인데."

허수아비가 몸을 움츠리며 말했습니다.

"네 옷차림을 보니 춥기도 하겠다."

허름한 밀짚모자와 다 낡고 여기저기 찢어진 옷차림을 보고 기러기가 말했습니다.

"여기 오래 계실 건가요?"

허수아비는 기러기들이 자기 곁에 오래 머물러 주었으면 하는 바람으로 물었습니다.

"글쎄, 여기는 시베리아처럼 넓지 않아서 우리가 먹을 것이 많지 않을 것 같아. 그래서 오래 있지는 못할 거야."

허수아비는 기러기의 대답을 듣고 그만 실망했습니다.

이 춥고 긴 겨울을 기러기들이라도 오래 있어 주면 좋으련만, 기러기들의 대답은 그게 아니었기 때문입니다.

아닌 게 아니라 기러기들의 말대로, 며칠 후 기러기들은 온다 간다 말도 없이 훌쩍 떠나고 말았습니다. 허수아비는 다시 혼자 가 되었습니다. 그야말로 바람 부는 황량하고 쓸쓸한 들판에 아무도 없이 혼자 있게 된 것입니다.

그러던 어느 날이었습니다.

겨울답지 않게 날씨가 따스한 날이었습니다.

한 여자아이가 자기 아빠의 손을 잡고 허수아비가 서 있는 논으로 오고 있었습니다. 그걸 본 허수아비는 마음이 두근거렸습니다.

지난가을 말고는 이 들판에서 사람을 본 적이 없었기 때문입니다. 여자아이와 아빠는 손을 다정하게 잡고 무슨 얘기를 도란도란 나누면서 허수아비가 있는 쪽으로 걸어왔습니다.

두 사람은 산책을 나온 것 같았습니다. 아니면 논을 보러 나온 것인지도 몰랐습니다.

"아빠, 저기 우리 논에 아직까지 허수아비가 서 있어요?"

여자아이가 허수아비를 발견하고 소리쳤습니다.

두 사람은 논 주인과 논 주인의 딸인 옥이였습니다.

"정말 그렇구나. 우리 옥이가 세워 놓은 허수아비가 아직도 그대로 서 있구나."

옥이 아빠도 논 가운데 서 있는 허수아비를 보자 반가운가 봅니다. 그럴 수밖에 없는 것이, 한겨울의 논 가운데 허수아비가 서 있을 거라 누가 생각이나 했겠습니까.

반갑기는 허수아비가 더했습니다. 자신을 만들어준 옥이 아빠와, 자기를 지금까지 들판에 세워준 옥이를 보니 반갑지 않을 수가 없었습니다.

“허수아비야, 네가 아직까지 여기 있을 줄은 생각도 못했다. 잘 있었니?”

옥이가 허수아비에게 다가와 반갑게 인사했습니다.

“옥이야, 너도 잘 있었어?”

허수아비도 옥이에게 인사를 했습니다. 그러나 정작 옥이는 허수아비의 말을 들을 수 없었습니다.

그때 마침 바람이 불어왔습니다. 그러자 허수아비의 몸이 건들건들 흔들렸습니다. 그 모습이 마치 옥이에게 반갑다고 하는 몸짓 같아 보였습니다.

“그동안 어떻게 지냈니? 무척 추웠겠구나.”

옥이가 허수아비의 몸을 쓰다듬으며 속삭이듯 말했습니다.

“옥이야, 나를 찾아줘서 고마워. 정말 고마워.”

허수아비는 옥이의 말에 그동안 쌓였던 외로움과 추위가 봄눈 녹듯 녹아버리는 것 같았습니다. 옥이는 한참 동안 허수아비를 어루만지다가 갑자기 무슨 생각을 했는지 아빠를 돌아보고 말했습니다.

“아빠, 우리 이 허수아비 집으로 가져가요.”

논을 둘러보던 옥이 아빠는 옥이의 뜬금없는 말에,

“허수아비를 집으로 가져가자구?”

하고 옥이를 바라보았습니다.

“네, 아빠. 집에 뒀다가 내년에 다시 여기에 세우면 되잖아요.”

“어허, 녀석두. 별걸 다 가져가자고 하는구나.”

아빠가 잠시 난처한 표정을 지었습니다.

“아이, 아빠, 그래요. 응?”

옥이가 아빠를 졸랐습니다. 그러자 옥이 아빠는 잠시 생각을 하시는 듯하더니 승낙을 했습니다.

“그러자. 우리 옥이 부탁인데 아빠가 안 들어줄 수가 없지.”

“아빠, 고맙습니다.”

아빠의 승낙에 옥이는 얼굴 가득 웃음을 지으며, 아빠에게 고맙다는 인사를 했습니다.

허수아비는 조마조마 마음을 졸이고 있다가 옥이 아빠의 허락이 떨어지자 비로소 마음을 놓았습니다. 마음이 놓이자 지난 날 혼자 황량하고 쓸쓸한 들판에 외롭게 서 있던 생각들이 주마등처럼 스쳐 지나갔습니다. 그러나 이제는 그런 생각들도 추억 속의 한 부분에 불과했습니다.

옥이 아빠는 허수아비를 논바닥에서 뽑아 어깨에 메었습니다. 그리고 옥이와 함께 집으로 향했습니다.

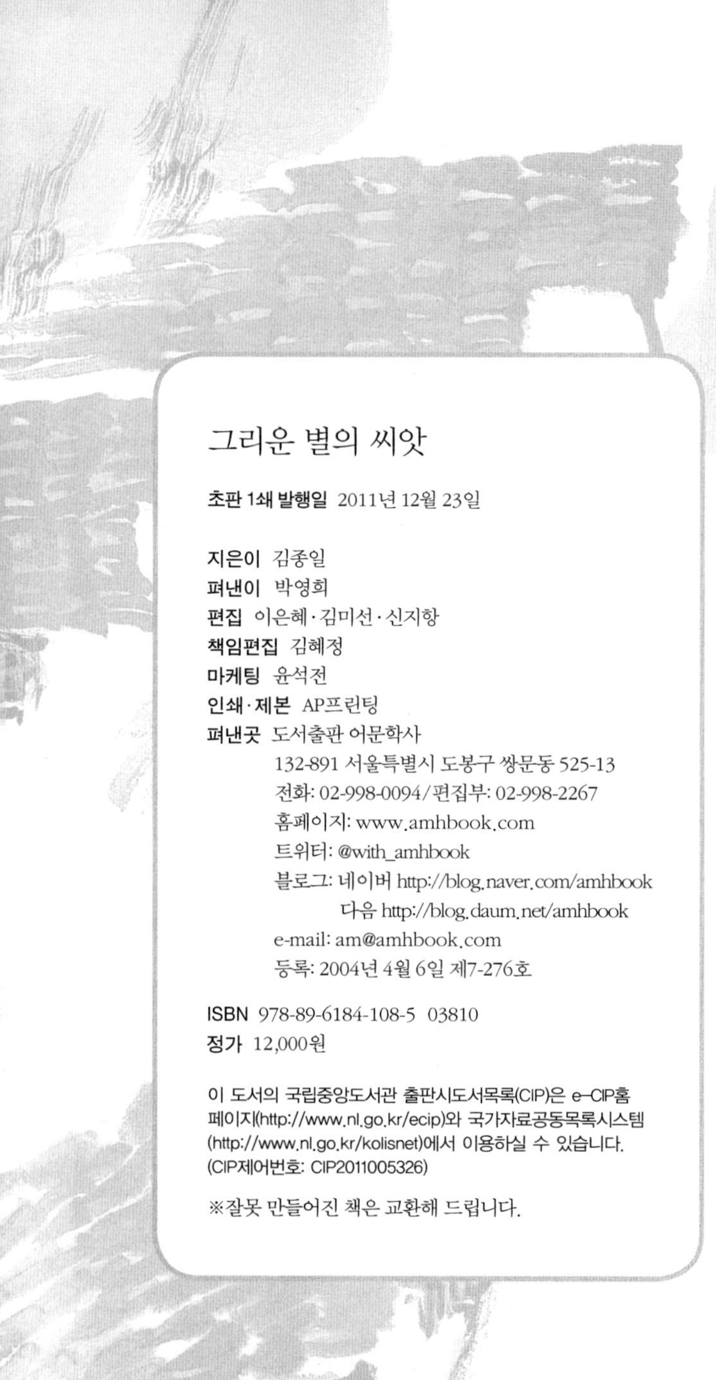

그리운 별의 씨앗

초판 1쇄 발행일 2011년 12월 23일

지은이 김종일
펴낸이 박영희
편집 이은혜·김미선·신지항
책임편집 김혜정
마케팅 윤석전
인쇄·제본 AP프린팅
펴낸곳 도서출판 어문학사
　　　　132-891 서울특별시 도봉구 쌍문동 525-13
　　　　전화: 02-998-0094/편집부: 02-998-2267
　　　　홈페이지: www.amhbook.com
　　　　트위터: @with_amhbook
　　　　블로그: 네이버 http://blog.naver.com/amhbook
　　　　　　　　다음 http://blog.daum.net/amhbook
　　　　e-mail: am@amhbook.com
　　　　등록: 2004년 4월 6일 제7-276호

ISBN 978-89-6184-108-5　03810
정가 12,000원

이 도서의 국립중앙도서관 출판시도서목록(CIP)은 e-CIP홈
페이지(http://www.nl.go.kr/ecip)와 국가자료공동목록시스템
(http://www.nl.go.kr/kolisnet)에서 이용하실 수 있습니다.
(CIP제어번호: CIP2011005326)

※잘못 만들어진 책은 교환해 드립니다.